I0613876

E
9

FABLES

NOUVELLES

PAR

COBOURG

~~~~~~

PARIS

ADOLPHE DELAHAYS, LIBRAIRE-ÉDITEUR

6, RUE VOLTAIRE

—

1860

FABLES

NOUVELLES

PAR

COBOURG

PARIS

ADOLPHE DELAHAYS, LIBRAIRE-ÉDITEUR

6, RUE VOLTAIRE

1860

Lagny. — Imprimerie de A. Varigault et Cie.

PROLOGUE

A P.-L. JACOB, BIBLIOPHILE.

Bercé dans mon sommeil, sous l'ombre et le silence,
      Par une heureuse vision,
Je me voyais errant, vers une plaine immense,
      Jeu de l'imagination :
C'étaient des fleurs, des bois, des palais aux cent portes ;
Le chant de mille oiseaux sous les cieux étoilés ;
      Et puis les joyeuses cohortes
D'enfants et de vieillards au plaisir appelés ;
C'était enfin l'éden d'une vie immortelle,
Où génie et vertu doivent trouver unis,
      Dans une douceur fraternelle,
      Tout le bonheur par Dieu promis...
Et j'avançais, porté par de légères ailes,
Voulant aussi cueillir quelques bouquets bien frais

Parmi les roses éternelles ;

Hélas ! sous les lauriers épais,

Je voyais de ma main s'éloigner les plus belles,

Restant nu, désolé, dans mon vol arrêté !

Mais, quel éclat, quelle beauté,

Viennent soudain frapper ma vue !

Ainsi du ciel, un jour, viendra s'ouvrir la nue,

Lorsque l'âme y verra la divine clarté !

O ravissement ineffable !

Le naïf Lafontaine inventait une fable :

La morale y parlait par sa touchante voix,

Et là, pour l'écouter, se trouvaient à la fois

Lockman, Ésope et tous les conteurs fabulistes,

Inclinés, attentifs, et souriant parfois

Au récit naturel du roi des moralistes ;

Et moi, tout accablé, je me sentis rougir,

Orgueilleux qui voulus, en mes frivoles veilles,

Du loup et de l'agneau rappelant les merveilles,

Aux enfants de nos jours rendre le souvenir !

Mes essais, en naissant, hélas ! s'en vont mourir

Comme une brise à leurs oreilles !...

O vanités de l'homme à ses erreurs pareilles !

Ainsi qu'un trait lancé, je m'échappe et veux fuir ;
Mais une voix me suit au réveil, qui s'avance :
— Courage, disait-elle avec tant de douceur,

    Qu'elle fit renaître en mon cœur
    Tout le charme de l'espérance ;
    Courage ! allons, persévérance !
    Chaque tige porte sa fleur,
    Tout travail a sa récompense :
    Dans les sillons de son labeur,
    Le plus habile moissonneur,
    Soit charité, soit négligence,
    Laisse un épi pour le glaneur.

Voici donc, à vos pieds, cette gerbe glanée
Dans les épis jonchants la plaine moissonnée.
Vous, dont les blés heureux couvrent tant de vallons,
Vous me dites : — Allez, parcourez les sillons,
Et récoltez la part que Dieu vous a donnée.
Votre appui bienveillant m'aplanit le chemin ;
Soutenu comme un frère, aidé par votre main,
L'ouvrier inhabile a gagné sa journée.

FABLES NOUVELLES

I

LES PRALINES DU JOUR DE L'AN.

Tout Paris s'agitait, et du palais des rois
Jusqu'à l'obscur réduit où veille l'indigence,
Du nouvel an partout on fêtait la naissance :
La richesse et le goût s'unissaient à la fois ;
      Et puis, en pareille occurrence,
L'ami sait d'un ami quelle est la préférence,
Et, pour garder au cœur un touchant souvenir,
Une fleur peut suffire, à qui la sait cueillir
Dans les sentiers si doux où la reconnaissance,
Rêvant des jours passés, se complaît à vieillir.
L'espérance apparaît riante et couronnée

De l'étoile, brillant au regard qui la suit,

Laissant l'oubli du mal fuyant avec l'année,

  Fermée à la dernière nuit.

 Tout est plaisir, et le calme et le bruit.

Si le vieillard, hélas! sent tomber une larme

Sur le front de l'enfant, fruit d'un dernier amour,

Elle vient, sans douleur, bénir un si beau jour;

Car auprès de son père, avec un même charme,

Il se voit dans le fils qu'il embrasse à son tour.

  Or, de son lit, une petite bête

   Suivait d'un œil un peu quêteur

Les apprêts destinés à célébrer la fête

Du jour, pour les enfants si rempli de bonheur :

— Ah! pensait-elle, on va me choyer, pauvre vieille!

Car chacun sait ici mes services passés.

   Je vois mes beaux ans éclipsés;

Mais en faisant demain comme je fis la veille,

Pour être encore aimée, à coup sûr, c'est assez.

Cependant on venait vers les tables chargées,

  Grands et petits, s'empressant pour mieux voir

   Ce que chaque enfant, en espoir,

  Tenait déjà... pralines et dragées.

A les croquer enfin on se met en devoir,

Et Florine, en son cœur, a la douleur amère

De voir distribuer sucre, bonbons et tout,

    Sans en pouvoir sentir le goût.

Oh! c'est qu'elle eût voulu se servir la première

    A cet exquis et succulent repas!

— Trop vieille que je suis pour quitter ma litière,

    Dormons, dit-elle en baissant sa paupière;

Adieu sucre et douceurs que j'aimais tant, hélas!

    D'ailleurs je suis un peu trop fière

    Pour me résoudre à mendier;

Tant pis pour les ingrats qui peuvent oublier

Ce que pour eux jadis ma jeunesse a su faire.

    Elle avait tort de se fâcher,

Car voilà qu'une voix, doucement argentine,

S'élève tout à coup : — Nous oublions Florine,

Dit-elle; pauvre amie, elle ne peut marcher!

Et chacun de Florine aussitôt d'approcher;

Pralines de pleuvoir et tomber à la ronde

Sur la couchette, où, de son œil mourant,

    Florine jette une caresse au monde

    Qu'elle accusait au même instant.

De ses jeunes amis lui viennent les largesses,

Et riche de leurs dons, elle se dit alors :

— La jeunesse envers nous a quelquefois des torts,

Mais les vieillards aussi veulent trop de tendresse,

   De petits soins et de douceurs ;

L'oubli semble à leurs yeux le plus grand des malheurs !

Moi-même, tout à l'heure, exigeante et chagrine,

  Je me plaignais de ces jolis enfants,

Condamnant les plaisirs de leurs cœurs bienveillants,

   Et cela pour une praline !

Sachons nous méfier d'un premier mouvement,

   Car, voilà comme il est possible

   De porter un faux jugement,

   Et soi-même d'être méchant

   Quand on a l'esprit susceptible.

II

LA VIOLETTE ET LA PENSÉE.

— Ma pauvre sœur, disait une pensée,

  Par un botaniste laissée

En un bord du gazon ravagé par ses mains,
O pauvre violette, aux passagers destins !
Par une main barbare au mortier déposée,
Je te vois brisée,
Écrasée !
O pauvre sœur, que je te plains !
— Moins de pitié, dit la fleur parfumée :
Si vieillir sur ta tige et mourir un beau soir
Est, en ce bois, ton seul espoir,
Vis oubliée ; et moi, dont la robe embaumée
A trahi la verdure où j'étais enfermée,
Jeune, je vais mourir... Quand je ne serai plus,
On recueillera mon essence ;
Qu'est-ce qu'une heure de souffrance
Qui fait éclore nos vertus !

III

LE PORTRAIT DU PRINCE.

Un grand seigneur voulut avoir
Sa plus exacte ressemblance.

Le peintre y mit tout son savoir;
Aussi fut-il payé par la reconnaissance:
　　　Car le grand seigneur crut s'y voir
　　　Comme il l'eût fait dans son miroir.
Il était laid pourtant, car l'aveugle nature,
　　　En le modelant, n'avait pas
　　　Dans les contours mis le compas :
　　　L'original et la peinture
　　Étaient chacun une caricature.

　　　Cela se voit souvent, hélas!
Mais on dit au vilain toute sa vilenie,
　　　Tandis qu'en la maison des grands
La vérité s'arrête en ses pas chancelants.
Monseigneur, qu'abusait la courtisanerie,
　　　Ne voyant rien pareil à lui,
Se croyait tout au moins sans égal sur la terre,
Vrai phénix à ses yeux, et ne préjugeant guère
　　　Exciter tout bas en arrière
Le rire du flatteur qui l'encense aujourd'hui.
Mais, un jour, il lui vint soudaine fantaisie,
　　　Et seul, échappé de l'hôtel,
Prison dorée où le plaisir ennuie,

Il allait tout gaîment, ainsi que va l'oisel

A son premier essor sur la branche fleurie,

 Et vint donner dans un essaim d'enfants,

Tout entier à des jeux qu'interrompt sa présence.

  Mais alors quel sabbat commence !

   — L'étourdi ! criaient les plus grands ;

   — Fi le vilain qui nous dérange !

 — Oh ! qu'il est laid ! quelle figure étrange !

  Dit en fuyant le plus petit.

Demeuré seul, le prince réfléchit

  Pour la première fois peut-être ;

 Tel qu'il était le pauvre homme se vit...

 — Ah ! pensa-t-il, jusqu'au jour qui me luit,

  Dupe de tous, je me crus l'être

Favorisé du ciel, quand j'inspire l'effroi ;

Hélas ! en mon palais, que pensait-on de moi ?

  Ah ! pour apprendre à se connaître,

  Il ne faut pas rester chez soi.

IV

LES DEUX LUMIÈRES.

Il sied d'être modeste à qui tient un haut rang.
Sous le cristal, où l'or resplendit rayonnant,
      Le gaz épand sa lumière brillante ;
      Riche et nouveau, chacun vient l'admirant,
Tandis que délaissé, vieux, terne, pâlissant,
Un réverbère éteint sa lumière tremblante,
            Jouet qu'il est du moindre vent.
            D'une origine différente,
Des deux flammes, hélas! le sort est différent :
      L'une est fêtée, et l'autre abandonnée.
L'ingratitude ainsi se montre à tout moment
            Pour la vieillesse infortunée !
La nouvelle clarté triomphait cependant,
            Et de loin narguait sa voisine,
Qui, douloureusement et d'une voix chagrine,
            Se défendait tout doucement :

— Dans le temps où je vins, dit-elle,

On me fêta bien autrement !

Lors, la nuit était au brigand

　Qu'éblouit ma clarté nouvelle ;

Auprès de la madone, en sa sainte chapelle,

Je fus la sûreté, le salut du passant,

Dans les hivers si longs où je brillais si belle !

Tu me remplaces maintenant,

Et moi, je pars sans me voir consolée

Sur dix siècles de règne, à jamais oubliés.

Par toi, que les destins ne soient pas défiés !

Tu peux t'évanouir comme moi, désolée,

Car l'homme a son génie et peut tout ordonner.

Mise à l'écart, je suis une reine exilée ;

　Mais savons-nous un jour qui te doit détrôner ?

V

L'ANGE ET LA MORT.

Un messager du ciel, sous sa blanche nuée,

Suivait des yeux l'âme du jeune enfant

A ses soins confié par un ordre puissant;
L'ange gardien sourit, car cette âme est vouée,
Dans sa charité sainte, au bonheur innocent
De la fleur qui, sous l'herbe inconnue et modeste,
      S'ignore en son parfum céleste.
      Non loin de là, s'enveloppant
Du nuage où grossit la foudre et la tempête,
Un ange aussi, mais rebelle et méchant,
Lançait son œil de feu sur une frêle tête,
      Chauve déjà, mais au mal toujours prête,
Et soumise au démon, qui la suit, l'inspirant.
L'enfant aimé de l'ange est le fils d'un tel père:
      Ainsi du mal naît le bien sur la terre,
Et la flamme des cieux, qui tonne en ses éclats,
Ramène avec les eaux la fraîcheur salutaire.
Ainsi l'ange et l'enfer ont pouvoir ici-bas;
L'un et l'autre aux humains prêtent leur surveillance,
Tandis que lentement, mais sûrement s'avance
La Mort, comme aux sillons et nombreux et pressés
      Tranche en traînant la faux immense,
      Sans jamais dire : C'est assez.
L'ange saint a frémi... l'autre sourit au crime.

Déjà l'arme se lève et choisit sa victime...

Le vieillard désigné par le doigt du démon !

— Oh ! grâce encor ! a crié l'ange ;

Pour le précipiter dans l'éternelle fange,

Mort implacable, attends ; peut-être le pardon

Lui viendra-t-il du ciel, fléchi par la prière,

Au soupir du remords, à son heure dernière ;

Mais ne la presse pas, cette heure qui le perd !

— Qu'est-ce à mes yeux éteints qu'un invisible atome ?

Il faut frapper, répond le terrible fantôme ;

Du nombre que je dois il n'est point à couvert.

Le Destin dit : — Je vole, et ma course pressée

Ne peut en vains délais se voir embarrassée ;

Le Temps et moi marchons et frappons en courant :

A défaut du vieillard, il me faut son enfant.

— Prends donc, inexorable ! Et de la voix suprême,

Que, même les soleils créés à son accent,

Ne peuvent écouter en leur limite extrême,

    Du haut des cieux l'ordre sacré descend.

    Le démon fuit en rugissant,

Et l'ange, s'inclinant sur la tête qu'il aime,

Recueille un frais soupir, pareil au bruit du vent,

Caressant d'une fleur la corolle pâlie.

— Au doux lever du jour tu vois finir ta vie,

Dit-il; ah! viens au ciel sur mes ailes d'azur,

De mes frères aimés tu seras le plus pur;

    Qu'aurais-tu fait, âme chérie,

    Sur cette terre de malheur?

    Viens des saints goûter la douceur

Et les félicités d'une paix infinie!

    Les hommes, ici-bas, trompés,

    De leurs vains désirs occupés,

Peuvent croire la mort une horrible souffrance;

Le succès des méchants est énigme pour eux,

L'épreuve en est plus lente en leur longue existence;

    Mais dans leurs souhaits vertueux,

    Pour les cœurs simples et pieux,

    La mort est une récompense,

L'échelle d'or qui les amène aux cieux.

VI

LE GRAIN DE SABLE.

Un homme avait perdu sa brebis la plus chère :
      Pauvre berger, se désolant,
Il courait, car un loup se présentait souvent,
      Tout affamé, vers la lisière
      De la forêt l'avoisinant.
Il pleurait, appelait, comme on fait quand on aime :
Craintif est notre cœur pour un absent chéri !
      Enfin son désespoir extrême
      Semblait jeter son dernier cri...
      Tout à coup, ô douleur nouvelle !
      Un gravier, sable aigu, tranchant,
Déchire son pied nu, le retient tout saignant
      Par une blessure cruelle.
      Pâle, il tombe au bord du chemin,
Oubliant sa brebis, sa recherche et ses larmes ;
      Son sang, qu'il étanche soudain,
      Et dont il a souillé sa main,

Jette en son cœur d'autres alarmes.

Nés et bercés dans la douleur,

Parcourant les sentiers d'une recherche vaine,

Semblable au grain de sable, une petite peine

Efface en nous un grand malheur.

VII

LES DEUX PRIÈRES.

— O Dieu ! donnez la victoire à mes armes,

Et de mes ennemis brisez les étendards ;

A leur sang répandu, que les veuves en larmes

Tremblent au sein de leurs remparts ;

Que mon nom, répété vers les confins du monde,

Soit aussi grand que vous et ne meure jamais !

— O souverain des cieux, accordez-nous la paix,

Que la voix de mon fils à mon amour réponde !

Ainsi disaient, en son palais,

D'un roi puissant la voix altière,

Et dans sa rustique chaumière

Le plus chétif de ses sujets.

La victoire, en effet, au roi fut dévolue ;
Mais un fils bien-aimé la paya de son sang,
Tandis que, par la paix conclue,
Le pauvre en ses foyers revoyait son enfant.

Ainsi l'une et l'autre prière
Eurent un favorable accueil ;
Mais l'une était humble et sincère,
L'autre de vains souhaits d'orgueil.

VIII

LE LIMAÇON VOYAGEUR.

Guidés par la philosophie,
Acceptant sans faiblir les chances de la vie,
Ayons de la vertu la résignation.
Un limaçon se mit en tête
De voyager pour son instruction ;
Il s'était pris de cette passion !
— Qui n'a point voyagé, disait-il, est trop bête !
Je puis partir, rien ne m'arrête,

J'emporte avec moi ma maison,

Et trouverai partout feuillages à foison :

De voir le monde entier je me fais une fête !

Il part, glisse, et, rampant en sa sage lenteur,

Il arrive bientôt près d'une fourmilière

Dont la nation tout entière,

Peuple vaillant et travailleur,

Rentrait aux magasins sa récolte légère.

— Que faites-vous ? dit notre voyageur.

— Nous travaillons, mais passez vite ;

Ayez surtout le soin de presser votre fuite,

Sans barrer les chemins à nos jours de labeur.

Le limaçon repart et glisse de plus belle ;

Mais tout à coup il s'arrête surpris :

— Quelle est, dit-il, cette tourelle ?

Serais-je si près de Paris ?

Cela me semble un séjour de merveilles!

C'était la cité des abeilles,

Peuple d'antiques lois aux jours créés par Dieu.

— Que faites-vous, enfermée en ce lieu ?

Demanda-t-il à l'une d'elles ;

— Mes sœurs et moi, soumises et fidèles

Au pouvoir maternel qu'une reine a sur nous,

Toutes, nous travaillons, et des fleurs les plus belles

Savons, sans les flétrir, ravir le suc si doux.

— Au travail, à la peine, ils sont donc soumis tous ?

Disait le limaçon en cheminant encore.

  Voyons chez un peuple nouveau,

  · Cherchons sur l'arbre quelque oiseau ;

A dire sa chanson au lever de l'aurore

Il doit borner ses soins !... Mais point, il y trouva

La femelle en son nid, palais formé par elle,

Où gazouillait déjà la famille nouvelle

  Qu'avec amour elle couva ;

Et le père disait ses refrains d'allégresse,

  Après avoir, à ses enfants,

Apporté dans son bec les miettes que laisse

Épandre le bon Dieu pour les petits des champs.

C'était là du travail que le plaisir anime,

Et l'animal rampant s'en fût déconcerté ;

Mais en sa route encore il se voit arrêté...

Un petit ver filait, prévoyante victime,

La tombe où changeront sa forme et sa laideur ;

Puis, devenu semblable à la plus belle fleur,

Ailé comme l'archange, et par un vol sublime

Il saura, l'inconstant, en ce jour de bonheur,

Se jouer dans l'azur moins beau que sa couleur.

Ainsi, par une loi suprême et nécessaire,

Accomplissant du ciel l'inflexible dessein,

Chaque être avait sa tâche à remplir sur la terre.

L'arbre disait : — Je cherche une séve en ton sein

Pour mûrir de mes fruits la douceur salutaire ;

  L'herbe naissait, et suivait son travail,

   Pour aller, séchée, au bercail ;

Enfin, le limaçon se trouva, triste et sombre,

Sous de vastes rochers où se cachaient dans l'ombre

Le tigre, la panthère et le hideux serpent,

Se mesurant tous trois d'un regard menaçant.

Là d'un combat cruel fut donné le spectacle...

— Ah! dit le limaçon, retournons au pays,

J'accepte la leçon que m'adresse un oracle :

Laissons les forts chez eux, ou blessés ou meurtris,

S'ébattre dans la haine ou s'aimer par miracle ;

  Allons revoir, si je le puis,

La paix dans le travail que Dieu donne aux petits.

  Moi, misérable créature...

Détruire les bourgeons naissants,
Doux espoir de l'été, créés par le printemps,
Fut tout mon lot dans la nature !
Il faut subir cette fatale loi,
Et, rampant sur la mousse ou caché sous la terre,
Attendre de la vie une angoisse dernière,
Que viendra m'apporter un plus méchant que moi.

IX

LE HAMSTER ET LA SOURIS.

Seigneur hamster, à petite souris
Qui gémissait de froid sur la terre étendue,
(Car hiver régnait lors, il est dur aux petits !)
Disait : — Encore un jour, et vous êtes perdue ;
Vous craignez à la fois la glace et le dégel :
D'abord, rien sous la dent ; puis, si le soleil brille,
Vous serez inondée aussitôt, pauvre fille !
Moi, j'ai mes greniers pleins, lit douillet en l'hôtel,
Je suis heureux ; et même, excès de prévoyance !
J'aurai du superflu... Mais venez, pour un jour,

2

De mes dons je vous veux octroyer l'abondance.

— Merci, gros sire ; hélas ! que ferais-je au retour ?

Pourrais-je, de nouveau, supporter la souffrance ?

L'habitude du mal se perd vite, je pense ;

Pour braver le malheur dont il est menacé,

    Mon cœur doit garder son courage :

    Le jour d'abondance passé,

    Je souffrirais bien davantage.

X

LA ROSE ET LE BOUTON.

Comme on voit, par un air qui descend au matin,

Glacé, lancer aux fleurs son haleine mortelle,

Se détruire l'espoir de la saison nouvelle,

D'une seule parole aussi, le trait malin

Tuera l'amour pudique ou l'amitié si belle,

Fleurs qu'un souffle ternit en leur charme divin.

Une rose, un bouton, sur une même branche

    Se balancent tout doucement,

Inclinés sous l'essor de la brise qui penche

La tige, où, frère et sœur, jouant

Dans les parfums d'un baiser ineffable,

S'unit la fleur éclose au bouton d'avenir :

Lui, comparable à l'espoir du plaisir,

Elle au bonheur qui rit toute semblable.

Mais la rose a déjà connu du dernier soir

La nuée empourprée où le soleil se couche ;

Tandis que le bouton, tout au plus, vient de voir

Le premier rayon qui le touche.

Aussi, jeune, frais et vermeil,

Un peu fat, car il sait qu'amour lui va sourire,

Il disait à sa sœur : — Cachez-vous du soleil,

A votre éclat qui fuit, sa force pourrait nuire.

Gardez la perle d'or que la rosée a mis

Sous le pli jauni d'une feuille.

Ah ! ma sœur, il est temps... oui, qu'une main vous cueille,

Vos plus beaux instants sont finis.

Si la fleur eût été quelque beauté coquette,

A son déclin rêvant encore une conquête,

Rose et bouton, à ces mots de mépris,

De frères qu'ils étaient, devenaient ennemis.

XI

LA BIBLIOTHÈQUE.

Un savant admirait d'une bibliothèque
La beauté, la richesse éclatante à ses yeux :
        Combien de livres précieux,
Écris depuis nos jours jusqu'à ceux de Sénèque,
Élevaient en son cœur, avide et curieux,
Cet immense désir où s'accroissait encore
Cette soif du savoir qui toujours le dévore !
Il semble caresser du regard, de la main,
Chaque volume ouvert pour flatter sa manie :
        Il donnerait dix ans de vie,
S'il les pouvait, par cœur, apprendre tout soudain !
Mais un in-folio, l'arrêtant dans sa route,
Lui fit voir imprimés ces mots pour l'avertir :
— L'homme a peu de savoir s'il ne sait réfléchir ;
        Chacun a son esprit, sans doute,
        Mais le point est de s'en servir.

XII

L'ÉLÉPHANT ET LE CHIEN.

Les vétérans des grands jours de l'Empire
En ont au cœur le souvenir puissant :
L'aigle d'or a passé sur un sillon de sang,
Pour la suivre en son vol, trop frivole est ma lyre ;
    Aussi ne vais-je que vous dire
    L'anecdote d'un éléphant,
Qui, triomphant de même en ces temps de victoire,
Voyait la foule immense applaudir à ses jeux,
Inconnus maintenant de ce peuple oublieux,
Inconstant au malheur, comme il l'est à la gloire.
Baba (c'était le nom de l'éléphant royal)
Avait des serviteurs, un superbe équipage,
L'arène des chemins à ses pieds eût fait mal :
Comme un roi qu'il était, faisait-il le voyage,
Lorsque, de ville en ville, un cirque l'appelait.
Mais Baba, toujours seul, devint mélancolique ;
Les applaudissements au son de la musique,

Les couronnes de fleurs que cent mains lui jettaient,
Rien ne le charmait plus, trop d'ennuis le glaçaient.
Un jour, pourtant, Baba sentit sa léthargie
     Se dissiper par un coup imprévu ;
L'attrait mystérieux, qu'on nomme sympathie,
Lui fait aimer d'abord un être qu'il a vu,
      Faible aux premiers jours de sa vie,
Venir, jouant vers lui, poussant des cris joyeux :
C'était le petit chien de son cornac fidèle.
Baba voit de Castor la grâce naturelle,
Il l'appelle ou le suit d'un regard anxieux ;
Un sentiment succède à sa langueur mortelle :
Qui possède un ami n'est jamais malheureux !
Mais, avec tout l'excès d'une amitié nouvelle,
Il exige à ses pieds, enchaîné sous ses yeux,
Castor si gai, si vif, de tant gentille allure.
Le pauvre petit chien fait-il un mouvement,
Ou veut-il essayer de changer de posture,
Inquiet et jaloux, aussitôt l'éléphant
    Avec sa trompe et l'attire et le rend
      Immobile, tête baissée,
      Oreille basse, œil languissant,

D'ennuis et de soupirs la poitrine oppressée :

— Ah! lui dit-il enfin, dans son accablement,

D'un air à la fois doux et triste,

D'un jour de liberté laisse-moi la douceur,

Et réprime un peu de ton cœur

Le sentiment trop égoïste;

Puissant et fort, daigne prendre souci

De ton castor aimé, mourant sous ton entrave,

Que tu crois chérir en ami,

Et que tu traites en esclave.

XIII

LE CHAT PARASITE.

Deux naturels de la race féline,

Parents, dit-on, je suppose cousins

Issus à peu près de germains,

Se rencontraient parfois au seuil d'une cuisine :

L'un gras, dodu, de belle mine,

Le second, faible, amaigri par la faim.

Le premier, du logis était bon locataire,

Commis à détruire les rats ;

Mais s'occupant très-peu de son affaire,

Si ce n'était en quelque cas

Pour s'amuser où se distraire.

L'autre, triste voisin, n'ayant ni lit ni feu,

Vivait comme il pouvait, sur les toits, dans la rue,

Mendiant, dépouillé de sa toison menue,

Et menacé de tous, frappé souvent, pardieu !

Le pauvre chat, dans sa misère,

Ne pouvait point savoir que son destin contraire

Est une épreuve en ce bas lieu.

Donc, ils causaient comme chats qui s'entendent ;

Le gras disait : — Mon cher ami,

Vous avez, tout au plus, de l'esprit à demi ;

Oh ! j'en ai plus... du moins les souris le prétendent,

Dans leur nid méprisé, que je laisse endormi.

Mais comment n'avez-vous, dans votre voisinage,

Trouvé quelque bonne maison

Où pâtée et rôti se trouvent à foison,

Pour payer en festins notre patelinage ?

Vous en eussiez trouvé plus de vingt, que je crois !

— Oh ! mon heureux cousin, je voulus une fois

M'introduire en un bon ménage,

Et rêvais même un mariage;

Que je m'en suis mordu les doigts!

Chassé, battu, meurtri, j'en fus six mois malade.

Qu'eussiez-vous fait, mon camarade?

Que porter aussi votre croix.

— J'eusse fait, mon ami, ce qui déjà peut-être

M'est dix fois arrivé. Pauvres infortunés!   [naître

Tous les chats, quels qu'ils soient, sous leurs pas sentent

Des tribulations pénibles à connaître;

Mais j'y sais résister, et si l'ordre d'un maître

Me fait fermer la porte au nez,

Moi, je rentre par la fenêtre.

XIV

LE GLOUTON.

Un animal, tout à fait animal;

(Il vivait pour manger, et, mangeant sans mesure,

De l'animalité c'est bien la marque sûre!)

Donc, mons glouton était en un jour de régal;

Il s'en donnait!... Mais, quand la cruche est pleine,

    Plus n'est moyen d'y faire entrer de l'eau ;

Il fallut s'arrêter, ce ne fut pas sans peine,

Car, malheureusement, le dessert était beau ;

— Ah! dit-il en pleurant, quels destins sont les nôtres !

Devant des mets exquis ne plus sentir la faim !

      Et de plus avoir le chagrin

      Qu'ils vont être mangés par d'autres !

XV

LE CHIEN DU PAUVRE.

Heureux qui d'un bienfait sait garder la mémoire !

Je veux d'un pauvre chien vous raconter l'histoire.

Ce héros inconnu, dans son village aimé,

A moins de cinq cents pas vit s'éteindre sa gloire.

César, par les journaux jamais ne fut nommé :

      Il n'habitait qu'une chaumière,

      Et son patron, vieux batelier,

      A peine denier sur denier,

Nourrissait de pain noir sa vie et sa misère ;

Mais il aimait son chien avec un cœur de père.

Au repas, trop frugal, le servant le premier,

Ce qu'entre nous le chien savait bien reconnaître,

Ils jeûnèrent pourtant, hélas! un jour entier,

Et, sans avoir dîné la nuit viendra peut-être!

César, l'œil assombri, regardait son vieux maître

    Assis sur le bord du bateau,

Guettant à l'horizon, s'il ne verrait paraître

    Un voyageur pressé de passer l'eau.

Rien!... et César a faim! César voit du village

S'élever la fumée, et de chaque ménage

S'apprêter le souper. Il tourne son regard

Vers le chaume où souvent l'attendit la disette,

Où n'est plus dans la huche une seule miette;

    Puis, lentement, se lève et part,

Tandis que le patron, dans l'étoile première

Parue à l'orient, sous les vapeurs du soir,

Pour le pain de ce jour voit s'éloigner l'espoir.

On peut, sans déshonneur, mendier pour son père!

Au seuil d'une maison, qu'il sait hospitalière,

    Le bon chien s'arrête, et, discret

    Comme un vrai pauvre qu'il était,

Attend... Est-ce en vain qu'il espère?

Non!... Voilà qu'un enfant paraît!

— Maman, César! dit-il, et de sa main légère

Caresse le chien satisfait.

Aimer est si facile à la naïve enfance!

Et César avait droit à la reconnaissance :

L'enfant, dans le pé rl, en apprit le devoir.

La rive est là si proche, où, se jouant un soir

Vers les roseaux touffus, par les courants de l'onde

Entraîné, de sa mère il vit le désespoir!

Mais le sauveur accourt! La rivière profonde

N'ensevelira pas le petit imprudent...

Le voilà sur la berge, où sa mère le gronde,

Et, cent fois, l'embrasse en pleurant,

Tandis que, se pressant sur cette tête blonde,

César aussi semble à son tour

Donner comme un baiser d'amour.

Cela s'était passé la précédente année,

Et n'est pas oublieux, en voyant le sauveur,

Celui qui fut sauvé! La mémoire du cœur

Aux enfants par Dieu fut donnée.

Le souper près d'être servi

César est appelé, sa part est déjà faite :

    Bonne pitance en une assiette,

    Qu'un tronçon de miche a suivi ;

Il va donc apaiser une atroce souffrance !

Non ! non ! pour cette fois, adieu, souper, pitance,

    César fuit, emportant sa faim ;

Il court droit au passeur que la nuit épouvante,

    Et dans la main, qui s'ouvre défaillante,

    Dépose le tronçon de pain.

Mais la femme a tout vu : — Venez, venez, bon père,

Dit-elle... viens, César ; venez en mon logis ;

De vous garder toujours et chérir en amis

    Toute maison doit être fière !

    Par Dieu les murs en sont bénis.

Voilà ce que je vis en un obscur village ;

De cette vérité je me fais caution.

    Eh bien ! mes bons lecteurs, je gage

Qu'il faudrait à mon chien bonne protection

    Pour avoir le prix Monthyon !

XVI

LES BŒUFS ET LA LOCOMOTIVE.

Un bouvier conduisait, du bout de l'aiguillon,
Dans un chemin boueux son tranquille équipage,
Tandis qu'un long convoi parcourait le sillon
Où le fer d'une route a tracé le passage.
Les bœufs, lents et pesants, allaient d'un pas égal,
Suivant du conducteur la marche accoutumée,
Et des wagons fuyants la fournaise allumée,
Comme un volcan qui lance un pronostic fatal,
  Jetait aux cieux ses torrents de fumée.
  — Voyez, disait le compagnon soumis
  Au même joug qui pesait sur la tête
De l'autre bœuf, par l'âge et la prudence, mis
   En grand renom dans le pays ;
Voyez, cette vitesse, égale à la tempête,
Dévorant la distance et sillonnant les airs
Du panache onduleux dont ses feux sont couverts !
Ah ! n'enviez-vous pas tant d'honneur et de gloire ?

— Non, mon fils, non, répond l'autre bœuf plus prudent ;
Il faut toucher au but pour chanter la victoire :
Une petite pierre, un caillou seulement,

      Vont arrêter subitement

Ce train qui nous paraît si puissant dans sa fuite.
Ne vous plaignez donc pas d'aller trop lentement ;
Suivons, sans dévier, la ligne de conduite
Qui nous mène à l'étable où le foin nous attend ;
Qui va comptant ses pas ne craint point d'accident :
La prudence et le temps nous conduiront au gîte.

      Pour arriver plus sûrement
      Il ne faut pas aller trop vite.

XVII

LE CHIEN ET LE SINGE.

En un logis bourgeois, vivaient d'intelligence
      Monina, singe, et Castor le bon chien ;
Tous deux, et trop souvent, fustigés d'importance.
La dame pour chacun avait peu d'indulgence,
      Et ne leur savait passer rien.

Une légère offense était, las! grave offense ;

Mais le singe, animal de finesse et d'esprit,

Peu sérieusement en prenait l'aventure ;

De l'intérêt souvent naît l'oubli de l'injure,

Et Monina toujours avait bon appétit.

Castor, lui, plus sensible, attendait en silence,

Et, tout penaud, tout humble, il venait doucement

Se coucher en un coin, l'œil guetteur, épiant,

Avec nouveau reproche, une triste pitance.

  Monina, sautant, gambadant,

  Le sermonnait de sa mélancolie.

— Allons! lui disait-il, plus de philosophie !

S'il faut vivre, mon cher, du moins vivons gaîment !

Du pain de la maison la croûte est dure et sèche,

Mais elle vaut encor mieux que mourir de faim !

— Ah! répondait Castor, pour bien gagner mon pain,

Je fais la garde à tout : le jour, la nuit, j'empêche

  Le malfaiteur de pénétrer ici ;

J'éloigne le voleur, j'attaque l'ennemi,

Et, faisant mon métier en toute conscience,

Je ne demande pas, pauvre chien que je suis,

  Pour mon régal un mets exquis,

Une caresse en récompense ;
Je ramasse le peu qu'on me jette en grondant,
Puis aussitôt je recommence
Mes soins d'active surveillance,
Mais je gémis en mon cœur frémissant ;
Car c'est une horrible existence
Que recevoir son pain de la main du méchant.

XVIII

LE CHAT ET LE GRIFFON.

Gypsi, de famille griffonne,
Par un fortuit événement,
Vit un jour sa rogue personne
Dans un superbe appartement.
Loin que tant d'éclat la surprenne,
Elle se pavane et promène
Sur la soierie et l'or un regard insolent,
Et puis sur un sofa s'étend,
Se roule à son plaisir, comme eût fait autre chienne
En son plus humble logement ;

Quand survient un bonheur, il faut bien qu'on le prenne !

Et, sur ce point, Gypsi philosophait souvent.

L'œil mi-clos, accroupie en son coin solitaire,

La chatte du logis guettait cette étrangère

     Au sans-façon si complaisant ;

Mais, révoltée enfin, elle avance en colère,

Et faisant de sa griffe un geste menaçant :

     — Voulez-vous bien sauter à terre,

     Dit-elle, ou j'appelle à l'instant?

— Eh! qu'ai-je fait de mal? J'use d'un bien présent,

Voilà tout; fais de même, et laisse-moi, ma chère,

A mon sort malheureux dérober un moment;

     Un jour semblable est rare à l'indigent!

     — Trop de hardiesse me brave,

Dit la chatte en fureur; allez, partez soudain,

Et cessez de ternir et souiller le satin,

Où n'oseraient mon maître et moi, sa pauvre esclave,

     Poser ou la patte ou la main.

     — Bon ! répond la mauvaise tête,

Pauvre homme et pauvre chatte, ennemis du plaisir!

L'avarice et la peur ont donc su vous saisir?

Insensés, tous les deux, admirez à loisir

Ces lieux dorés, parés comme pour une fête,
Je retourne au chenil, tout à mon gré dormir.

C'est vraiment être deux fois bête,
Que posséder un bien sans en savoir jouir.

XIX

LE RETOUR.

Donnons peu de créance aux promesses légères.
Petit Jean s'en alla voir les pays lointains,
Curieux qu'il était des rives étrangères ;
Mais il mit trop de temps à courir les chemins :

Car, vagabond par caractère,
— On m'attend, disait-il, et ne se pressait guère.

Un jour pourtant, de parti pris,
Il s'en revint à son village,
Rêvant bonheur et mariage ;
Mais petit Jean fut bien surpris !

Son ami le plus cher lui fit mauvais visage ;
Car le retour de Jean l'avait rendu jaloux,
Lui qui, depuis six mois, était l'heureux époux
D'une fiancée inconstante.

— Ah! dit le voyageur, malheur à qui s'absente !

Le cœur brisé par de si rudes coups,

Sans prévoir où le sort peut porter ma misère,

Sachons ce qu'il me faut déplorer aujourd'hui ;

Et, d'un pas frémissant, il fut à la chaumière

Où son premier jour avait lui.

Il y trouva sa vieille mère,

Filant encor son lin pour lui.

— Je te revois enfin, dit-elle,

Viens te consoler dans mes bras

Du mal que te font des ingrats ;

Cœur de mère est toujours fidèle,

Lui seul, mon fils, ne change pas.

XX

LE CAILLOU.

Un homme allait sur une route unie,

Voyant de loin le clocher désiré,

Lieu de repos, où la fortune amie

Lui doit donner un bonheur assuré.

Ses pas légers franchissaient la distance ;
Mais voilà qu'un caillou, petit, des plus petits,
Se trouve sous son pied, et son impatience
Au ciel lui fait pousser des cris :
Toujours à lui s'adresse l'impuissance !
— O contre-temps ! dit-il, lorsque je vois enfin
Tout près de s'achever ma course et mes misères,
Je ne rencontre que des pierres
Pour me heurter dans mon chemin !

L'ingrat ne voyait pas la main
Qui le détournait des ornières.

XXI

LA RENONCULE ET LA TULIPE.

Précoces filles du printemps,
Dans un parterre, à grands frais cultivées,
Deux fleurs portaient leurs têtes élevées,
Surpassant de leurs sœurs tous les charmes naissants :
Tulipe et renoncule ont sur leurs tiges frêles

Tout le brillant, l'éclat soyeux

Dont l'amateur minutieux,

Pour les déclarer les plus belles,

Veut le concours harmonieux.

Oh! qu'elles se croyaient bien telles,

Faites pour charmer tous les yeux !

De cent nuances diaprées,

Et du satin de son lobe enchanteur

L'orgueilleuse tulipe aimait fort la splendeur ;

La renoncule aussi vantait haut la couleur

Et le velours de ses feuilles pourprées.

Le calice de l'une était digne d'un roi,

L'autre effaçait la rose, en sa forme accomplie ;

Chacune enfin disait être la plus jolie :

La vanité ne voit que soi.

Mais voici que, brisant son écorce légère,

Le bouton d'un rosier, montrant un point vermeil

Déjà souriant au soleil,

Les écoutait, caché sous la feuille, sa mère :

— Pauvres folles, dit-il, choqué de tant d'orgueil,

La beauté sans esprit n'est qu'un funeste écueil ;

On vous admire un jour ; le lendemain, ternies,

Avec dédain on vous jette un coup d'œil.

Triste fleurs sans parfums, pour avoir même accueil,

Il vous faudrait n'être jamais flétries.

XXII

LE MOUTON ET L'OIE,

— Hé! mouton, mon ami, qu'as-tu fait de ta laine?

— Hé! ma belle oie, où donc a passé ton duvet?

   — Ton dos pelé se cache à peine,

   — Ton gros ventre se voit tout net,

— Le maître l'a voulu, j'en fus bien alarmée,

Et me suis résignée. — Hélas! c'est notre sort,

Il a pour lui le droit, et le droit du plus fort.

Celui qui m'a tondu, ma belle, t'a plumée;

Pour un peu plus d'argent il t'eût donné la mort,

   — La pitié n'est pas, j'imagine,

   La plus belle de ses vertus;

Nous sommes à ses yeux ce qu'est une machine,

Qu'on peut renouveler quand elle ne va plus :

   Tel est l'ouvrier à l'usine,

XXIII

LE DIAMANT PERDU.

De son collier étincelant,
Un roi perdit la plus brillante pierre :
Elle roula dans la poussière,
Et la voilà jouet de la pluie et du vent,
Tantôt dans une horrible fange,
Tantôt sous un amas terreux,
Mais, dans son infortune étrange,
Toujours emprisonnée, et du prisme des cieux
Ne pouvant réfléchir les éclats radieux.
Ainsi par la misère est frappé le génie !
— Ah ! pensait la pierre ternie,
Me faudra-t-il toujours, dans un abîme infect,
Me voir perdue, ensevelie !
nutile beauté, d'un si brillant aspect,
D'où jaillissaient des trésors de lumière,
Égale à l'escarboucle on te vit scintiller ;
Mais que sert de pouvoir briller

A celui qu'un destin contraire
Enchaîne sous un fer cruel?
Pour atteindre à l'éclat du ciel,
Il faut pouvoir percer la terre.

XXIV

LES ALMANACHS.

Dans une boutique, en plein vent,
Deux vieillards, ou plutôt deux défunts se trouvèrent,
Utiles autrefois, méprisés maintenant.
Du regard aussitôt tous les deux se toisèrent.
Le moins jeune cachait sous son habit de peau,
        Jauni par de longues années,
    L'ennui de cent histoires surannées;
Le second, mieux paré d'un habit plus nouveau,
        Étoffe toutefois bien mince,
        Disait l'âge et l'hymen du prince
        Dont l'an dernier tint le flambeau;
Puis des contes bien noirs, récits d'horribles crimes,
Le pronostic des mois, horoscopes sublimes,

Inaccomplis toujours, et toujours attendus
      Par les imbéciles, victimes
    Des almanachs à leurs dépens vendus.
Or, de nos deux amis telle fut l'existence :
      Du premier jour de leur naissance,
       Un an... puis rien ; et cependant,
Almanach imposteur, chacun se croit encore
Fait pour régler le monde et s'étale en savant.
      Un troisième est là, riant
      Du sot orgueil qui les dévore :
De son cours, tout au plus, voyant lever l'aurore,
Hélas ! l'an qui suivra le trouvera mourant.
Le présent qui s'écoule a marqué son passage,
Mais, plus sensé : — Vieillards, en ma dernière page,
Il est, dit-il, écrit une maxime sage,
Voyez : « Le temps qui fuit n'aura point de retour. »
Où sont tombés César, sa fortune et sa cour?
Les somptueux palais de Ninive et Carthage ?
      Oui, chacun de nous, à son tour,
Doit subir un oubli qu'ici-bas tout partage,
     Vieillis d'un siècle, ou périmés d'un jour,
      Nous n'en valons pas davantage.

XXV

LE CHEVAL ET LE MULET.

Au mois où les feuilles jaunies
Quittent la branche et vont au gré des vents,
Quand les premiers frimas, aux terres appauvries,
Étendent leurs linceuls tout blancs,
On voit les feux s'allumer à l'usine
Où la noix va, broyée, et fumer et bouillir,
Puis passer sous la meule, où la vient recueillir,
Huile odorante, une femme voisine,
Pour ses baignets d'hiver et les jours consacrés
A des œuvres de pénitence.
Les fruits des beaux noyers sont aux pauvres de France
Ce qu'est l'olive au riche en ses jours d'abstinence,
Festins encor luxueux et parés.
Or, pour tourner la meule et servir la machine
Il eût fallu des bras forts et puissants,
Payés bien cher, on l'imagine ;
Mais le maître, avisé, choisit deux remplaçants :

Un cheval, vieux déjà, mais d'honnête encolure;
  Puis, un mulet, jeune, fort, vigoureux,
Pouvant, s'il l'eût voulu, travailler comme deux;
   Mais entêté de sa nature,
  Voulant aller toujours du même pas,
Comme dans les sentiers, où, guidé par sa mère,
Il marchait à son gré, soit devant, soit derrière,
S'amusant d'un brin d'herbe et ne se pressant pas.
  Mais au moulin, c'était une autre affaire!
   Non que, mulet trop fainéant,
Il eût voulu passer son temps à ne rien faire;
Oh! vraiment, il tournait... mais tournait lentement,
Et lorsque du repos sonnait l'heure première,
   Il s'arrêtait tout brusquement.
   Le cheval, lui, tout bonnement,
   Allait toujours, sans se distraire;
C'est qu'il avait souffert longtemps, et savait bien
Qu'un peu de complaisance au patron devait plaire;
Que pour gagner son foin et sa pauvre litière,
  Le malheureux ne doit négliger rien.
Mais aussi du patron une main caressante
Passait de temps en temps sur le front du cheval,

Ou sur sa croupe frémissante ;

Un doux surnom, puis un mot amical,

Doublaient la ration du docile animal

En sa mémoire intelligente ;

Quand le mulet rétif trouve un regard brutal,

Une main rude, et sa crèche en attente

Du foin, qu'avec regret et d'un soin inégal

On mesure à sa faim stridente.

— Ah! disait-il au compagnon

Voué par le destin au lien qui l'opprime,

Quand du maître je suis victime,

Toi, cheval fortuné, je t'en vois le mignon.

Qu'ai-je donc fait, quel est mon crime ?

— Rien de méchant, mon pauvre ami,

Répondait le cheval d'un air de bonhomie,

Mais un défaut cruel va peser sur ta vie,

Si dans l'aveuglement tu restes endormi ;

Tant que dure le jour, tu tournes, je l'avoue,

Mais en comptant les tours de roue ;

Tu sembles mécontent dès qu'on te dit : Plus fort !

Aux yeux du maître c'est un tort.

Écoute le conseil de mon expérience,

Corrige-toi, bannis ton indolence,
Et l'avoine viendra. Par un louable effort,
Sans mesurer le temps, crois-moi, travaille, avance ;
Et sans être jaloux du bonheur qui m'échoit,
  Par une active bienveillance,
Tâche auprès du patron d'obtenir même droit ;
   Car, ne faire que ce qu'on doit
   Ne mérite pas récompense.

XXVI

LES LAPINS ET LEURS ENFANTS,

La femme à Jean Lapin, de nature féconde,
  Devint mère de dix enfants,
 Jolis à voir, trotillants, ruminants,
  Venus à point le mieux du monde,
 Hormis un : las ! maigrelet, souffreteux,
 Au ventre enflé, d'allure languissante ;
 Aimant du lit la chaleur bienfaisante
  A son petit corps douloureux.
  Bref, malade et plus malheureux,

Qu'il était le rebut de ses frères alertes.

    Comment agir en un état pareil?

Le père et la maman durent tenir conseil :

— S'il doit périr, du moins prévenons d'autres pertes,

Dirent-ils, et causons pendant qu'ils sont inertes,

    Ensevelis dans leur sommeil.

    — Il est une loi de famille,

Dit Jean Lapin, savant en la tradition,

Où de nos devanciers la prudente raison,

    Pour nous guider, éclaire et brille.

Lorsqu'un de leurs petits, comme le nôtre, hélas !

    Était frappé du mal qui le possède,

Les parents le croquaient dans un de leurs repas ;

    Nous voici dans un même cas.

— Si l'usage le veut, dit la mère, je cède ;

Par amour maternel, je saurai m'en nourrir ;

    Et pour achever de mourir

    Il n'a besoin que d'un peu d'aide ;

    Mais c'est un singulier remède

    Que le tuer pour le guérir.

    En vain la sagesse réclame ;

L'usage dicte encore un arrêt si fatal.

Mon Dieu ! donner la mort n'est pas guérir le mal,

Mieux vaut le repentir pour régénérer l'âme.

XXVII

LE SERIN ET LE MOINEAU.

Sur le rebord d'un toit, dans son petit château,

Prison de fer, triste réseau !

Un jeune enfant des Canaries,

En ses plus douces mélodies

Rêvait la liberté, quand survint un moineau

Qui, des miettes du bel oiseau,

Faisait ses meilleures orgies.

Amis, ils discouraient tous deux,

Et le serin, sans jalousie aucune,

Le voyant libre, hélas ! le trouvait bien heureux ;

Eh ! qu'il aurait voulu partager sa fortune !

Jurant, s'il pouvait s'échapper,

Bien fin serait celui qui saurait l'attraper.

— Ah ! lui dit le moineau, ton désir est peu sage ;

Mille de tes pareils, dans leurs vœux imprudents,

Ont perdu tous les biens dont ils avaient l'usage.

Que de privations et de maux renaissants,

Si tu suivais mon sort, deviendraient ton partage!

Sais-tu tout ce qu'il faut de force et de courage,

Et combien j'ai souffert au souffle des autans,

Aux chaleurs de l'été des fureurs de l'orage?

La liberté, pour toi, serait près du naufrage,

Tu périrais bientôt victime des méchants;

Pauvre oisillon, demeure dans ta cage,

Tu n'es pas fait pour vivre aux champs.

XXVIII

L'ACACIA ET LE MUGUET.

Un acacia dont le faîte

Surpassait son plus haut voisin,

Sentit un jour courber sa tête

Au coup du vent qui s'éleva soudain :

Son orgueil dut plier sous cet effort suprême;

Lui, jusqu'alors si dédaigneux,

Fut contraint de baisser les yeux

Sur les buissons prochains, jusques à son pied même,

Tant le vent fut impérieux !

Il s'agitait en furieux :

Les grands ont peu de patience,

Quand l'ouragan frappe sur eux.

Tout à coup, d'un accent empreint de violence,

Il s'écrie... Il a vu... quel excès d'insolence !

Une touffe, où s'entr'ouvre un fragile bouton,

Du tronc noueux rechercher l'assistance ;

C'est un muguet caché sous le feuillage immense

Du superbe, où les fleurs sont aussi de saison.

— Ne vois-je pas un avorton,

Dit-il de sa voix mugissante,

Qui, sur ma racine puissante

Posa son pied de myrmidon ?

Est-ce une fleur précoce et frêle,

Prête à s'ouvrir dans sa laideur ?

Vraiment, le brin d'herbe s'en mêle !

Quels parfums peut céler cette faible pâleur,

Pour rivaliser la blancheur

Du panache onduleux de ma branche nouvelle ;

La grâce de son port et sa suave odeur ?

La pauvre petite est peu belle.

L'herbe entendait, pleine d'humilité,

Et répondit : — Oui, je suis bien chétive ;

Mais dans ma faiblesse native

Du Dieu qui nous forma, vous, altier, moi craintive,

Nos fleurs ont même voix pour bénir sa bonté :

Présenté par un cœur sincère,

L'encens est toujours précieux,

Et du pauvre l'humble prière,

Comme celle des rois, peut monter jusqu'aux cieux.

XXIX

LES DEUX POISSONS.

Petit poisson jouait, vivant dans un bocal,

Tandis que faisant triste mine,

Sur une table de cuisine,

Autre petit poisson se trouvait assez mal :

Près d'expirer, la poêle à frire

Toute préparée à le cuire,

Annonçait trop un sort fatal.

— Je te plains fort, ta mort sera dure, mon frère,

Redisait le nageur en sa prison de verre.

— Merci de ta pitié, reçois la mienne aussi,

Répond le condamné; car ta vie est maudite:

Rouler en si peu d'eau, c'est pis qu'être roussi;

Mes atroces douleurs en passeront plus vite.

    Va, mon ami, consulter ta raison:

Tu sauras qu'il vaut mieux être frit tout de suite

        Que languir vingt ans en prison.

XXX

LA FORÊT.

Au sein d'une forêt, sorte de république,

  Où, l'arbre et l'arbrisseau se trouvent à foison,

        Où verdit aussi maint gazon,

  Et la mousse rampante au pied du chêne antique,

        Certains discours séditieux

        Accusaient le maître des cieux :

— Quoi, disait en chorus la foule verdoyante,

Chacun de taille différente!

Grands, moyens et petits!... Ne serait-il pas mieux

D'être égaux?... Un enfant de la volante race

Répondit en passant à tout ce vain caquet :

— Taisez-vous, et laissez chaque chose à sa place,

Car ce que blâme ici votre insolente audace

Fait l'ornement de la forêt.

XXXI

LE RAISIN.

Promenant ses loisirs, un précepteur gascon,

Administrait à son élève

Cette leçon

Philosophique autant que brève :

— Mon cher enfant, de la raison,

Que toujours la voix vous soit chère ;

Elle seule fait l'homme austère,

Le sage exempt de passion ;

Je vous en offre l'exemplaire

4

Par la parole et l'action.

Tout cela se disait au bord de la Garonne,

Dans le vignoble, où le pampre si beau

S'étend sur les paluds et couvre le coteau,

Où le fruit grenu de l'automne,

Sous ses reflets dorés, revêt l'aspect vermeil

Qu'épand sur lui les rayons du soleil.

Or, un de ces beaux fruits, de notre philosophe

Écoutant le grave discours,

Au cep, auquel il tient toujours,

Insinua tout bas cette verte apostrophe

Contre le savant qui passait,

Et modestement se coiffait

Du bonnet doctoral dont si rare est l'étoffe :

— O Père, dit-il, tous les ans

Tu vois s'en aller tes enfants

Au pressoir, où leur sang s'écoule !

Et cet homme s'en va prêchant,

Présomptueux, imposer à la foule

Que, sur lui, la raison a pouvoir tout-puissant.

Ivre d'orgueil, il y voit double.

Qu'est-ce que la raison qu'un éclair éblouit ?

Une illusion la séduit,
Un peu de vin la trouble.

XXXII

LE CORBEAU DE LA TOUR SAINT-JACQUES.

C'était devers le temps de Pâques,
Quand s'éveillent les travailleurs,
Qu'un vieux corbeau, du haut de la tour de Saint-Jacques,
De ses regards observateurs
Suivait les bras démolisseurs,
Dont la tour, à grands coups, subissait les attaques ;
Il était décidé que, sans désemparer,
Et pour salubrité publique,
Ce monument, bijou gothique,
Mal entouré, se devrait restaurer,
Fatalité, malheur ou crime,
Choc insensé d'opinions,
Toujours les restaurations
Ont, à l'exil, donné quelque victime !
Notre corbeau fut celle d s maçons,

Qui, montant leur échafaudage,

Le chassaient d'étage en étage.

— Puisqu'il le faut, dit-il, fuyons,

Un meilleur temps viendra peut-être !

Cherchons, hors de Paris, quelqu'asile champêtre ;

Je n'y saurais manquer de compagnons,

Car déjà tous les oisillons,

Mes voisins, gentils moinillons,

Sont venus dire à ma fenêtre

L'adieu... par de tristes chansons.

Quittons le nid qui m'a vu naître

Et sous le marteau va périr,

Nid où j'aimais jadis, où j'espérais mourir !

Il part, et dans les bois bâtit son ermitage ;

Mais ni le temps, ni l'abri du feuillage,

Les douceurs du printemps, les belles nuits d'été,

Ne font tomber l'oubli sur ce qu'il a quitté ;

Maître corbeau, sans avoir lu Voltaire,

A part lui, disait chaque jour :

« A tous les cœurs bien nés que la patrie est chère ! »

Du désir d'en revoir le fortuné séjour

Frémit son aile centenaire ;

C'est, comme aux jeunes cœurs, un délirant amour !
Oui, c'est un prompt trépas, s'il ne peut satisfaire
        Cette ardente soif du retour !
N'y pouvant résister, son vol qu'il accélère
A fendu l'air... Bientôt, se posant sur la tour,
        Que le plus beau soleil éclaire,
        Il lance un regard vers la terre
Et ne reconnaît plus les choses d'alentour ;
        Là, n'est plus l'étroite ruelle
Où le bon prêtre, au vieux paroissien
        Mendiant, tendant l'écuelle,
        Donnait le pain quotidien ;
Là n'est plus cet amas de boutiques fangeuses,
Vieux haillons, successeurs des bouchers enrichis !
Admirant des palais les lignes somptueuses,
Et l'air pur, circulant sur les jardins fleuris :
— Quel changement, dit-il, à mes yeux éblouis !
Dans les jours désastreux, dont le présent s'étonne,
Une main sacrilége a brisé la colonne
Où Flamel appuya le saint autel aimé ;
Je retrouve à sa place un rosier parfumé,
Tige riche au printemps, verte encore à l'automne,

Dont la fleur entr'ouvrant son calice embaumé,

Comme un nouvel encens monte au Dieu qui pardonne !

  Ici, tout flatte et plaît aux yeux ;

  A son passage, est-ce une fée

  Qui, par sa baguette enchantée,

Voulut doter Paris de son art merveilleux ?

Est-ce donc le progrès ? Je n'y fais point reproche,

  Trop de beautés ont rajeuni ce lieu ;

  Mais, vieux corbeau, j'y voudrais voir la cloche

Dont la voix, le matin, disait : Pensez à Dieu !

XXXIII

L'ABEILLE ET LE PUCERON.

Ne troublons pas celui qui, vivant solitaire,

Du bonheur dans la paix a trouvé le trésor !

Comme un frémissement s'étendait sur la terre,

  Ce n'était pas le jour encor,

Mais l'aube s'annonçait à l'étoile dernière,

  Près de pâlir sous l'hyacinthe et l'or.

Le doux réveil de mai de parfums s'environne,

Le printemps de ses fleurs agite la couronne,

Tout s'anime et prend une voix :

La fauve gagne au gîte ou s'enfuit dans les bois,

De ses gazouillements l'oiseau fait sa prière,

L'arbre, sous la brise légère,

Incline ses rameaux ;

Plus doux, le murmure des eaux,

En reflets argentés, de cent jets de lumière,

Dit à la rive des ruisseaux :

— Le soleil vient, levez vos têtes,

Jeunes tiges des verts gazons,

Herbes des champs et rustiques fleurettes,

Perles de nos prés, pâquerettes,

Et boutons d'or, aux pieds mignons.

Tout, sous le ciel, reprend sa vie active :

Le quadrupède impétueux,

L'insecte s'agitant sous sa forme chétive,

Le papillon capricieux.

Lors, au milieu de pétales mi-closes,

S'agglomérant, on eût pu voir

Un tout petit point noir,

Puisant au suc mielleux du calice des roses,

Domicile odorant où dort le puceron,

Tandis que, d'une abeille au piquant aiguillon,

Les ailes s'abaissaient pour saisir la curée

    Qui doit enrichir la maison

    Où règne une reine entourée

    De sa puissante garnison.

    — Oh! pitié, pitié, sage abeille!

    Dit l'insecte dans sa frayeur;

    N'est-il donc point plus belle fleur,

    A peine ouverte de la veille,

    Où vous puissiez, tout à loisir,

    Butiner et laisser paisible

    Un petit être peu visible,

Mais qui, vivant aussi, veut vivre à son plaisir?

    — Oh! si fait! la chose est aisée,

    Répond l'abeille avec émoi;

    Va, pauvre petit, baigne-toi

    Dans une perle de rosée,

    Je pars; ta prière par moi

    Ne saurait être refusée:

Dans la ruche, où mes sœurs et moi nous travaillons,

    De sages lois sont octroyées;

Ce n'est pour mal agir que furent déployées

     Nos ailes, et nos aiguillons

     Ne sont qu'une arme de défense.

Endors dans les parfums ton oisive existence,

     Je m'en vais récolter ailleurs.

Toutes deux nous vivons de l'essence des fleurs,

Mais le faible du fort doit avoir assistance.

     Sous le soleil qui monte à l'horizon,

Pour mes labeurs s'étend la plaine immense,

Et les jardins fleuris promettent leur moisson

Si, plus petit que toi, de plus frêle apparence,

Venait, sous le pistil, se loger sans façon,

     Sois bienveillant ; la Providence

     Nous a fait inégaux, je pense,

Pour nous instruire à nous mieux secourir,

     Fallût-il même un peu souffrir.

Demeure en paix ; moi, par goût, vagabonde,

     Bourdonnant, j'irai recueillir

L'ambroisie et le miel que nous viennent offrir

     Les fleurs s'ouvrant pour tout le monde.

XXXIV

LA SAUTERELLE ET LA FOURMI.

Dans un étroit sentier, sauterelle égarée
Rencontra, courant, affairée,
Dame fourmi : c'était aux jours d'été,
Où, dans les souterrains, le grain nouveau porté,
De la gent laborieuse
Réveille l'activité !
Beau soleil, travail et santé,
Voilà qui rend ta vie heureuse !
Mais sauterelle aime l'oisiveté :
Humer les chauds rayons de l'astre qui l'éclaire,
S'élancer, retomber légère
Sur l'herbe desséchée aux ardeurs du midi,
Voilà tout le bonheur de ce peuple étourdi.
Hélas ! de l'active fermière,
Sauterelle est tout le contraire !
— Voisine, dit cette dernière,
Arrêtez-vous quelques instants !

— Grand merci, je n'ai pas le temps,

La besogne est pressante, et ma tâche est à faire.

— Discourir quelque peu n'est pas si grande affaire,

Je vous veux réciter quelques contes plaisants,

Égayer votre esprit de propos médisants,

Plus répandus qu'ils sont lancés dans le mystère.

Les dire, c'est plaisir; c'est chagrin que les taire.

    — Cela se peut pour des esprits méchants.

    Mal parler est aussi mal faire ;

Mais je ne puis rester, excusez-moi, ma chère.

De la belle saison, l'heure perdue, hélas !

    Pour la fourmi ne se retrouve pas.

Laissez-moi donc passer, car là-bas on m'appelle ;

Voyez vers nous mes sœurs s'empresser d'accourir.

    Imprévoyante sauterelle,

    Votre pensée est à vous réjouir !

Allez, allez au pré, sautiller ou dormir

    Sous les feux ravageant la plaine ;

Pour savoir qui de nous a su le mieux agir,

    Je vous attends à la saison prochaine.

Qui veut trop de bonheur se prépare à souffrir !

Pour nous, peuple ouvrier, peu charmé du loisir,

Chaque jour amène

Sa peine ;

Mais voir ses greniers pleins donne aussi du plaisir.

La cigale entendit leçon presque pareille

D'une fourmi de haut renom.

Mais à qui prêche tel sermon,

L'insensé n'ouvre point l'oreille.

XXXV

LA LIMACE ET LE LIMAÇON.

Une limace, un limaçon,

Voyageaient sous un frais buisson

De chèvrefeuille et d'aubépine :

L'un s'allongeait sous sa prison,

L'autre glissait, haussant l'échine.

— Bonjour cousin ! que cherchez-vous ici ?

Dit la limace, à langue familière,

Pour vous servir, me voici la première ;

Un parent tel que vous, me trouve à sa merci.

A bon vouloir, d'ailleurs, toute tâche est légère !

— Sommes-nous de tel sang, ma chère,

Que vous et moi puissions ainsi

Marcher ensemble, côte à côte ?

Prenez l'autre sentier, je garde celui-ci.

— Eh! mais, cousin, suis-je donc sotte,

Et vous croyez-vous fils de roi,

Quand on vous voit portant la hotte ?

Tant d'orgueil est plaisant, ma foi !

— Votre audace est plus grande ! Eh quoi !

Vous faire mon égale !... Ah! c'est passer les bornes !

— Tout doux! nous vous valons, cousin,

Une pareille glue a sali le chemin

Où nous glissons... Tous deux, enfin,

Vilains également, nous reçûmes des cornes.

Il fallait voir du limaçon

L'orgueil révolté, la colère !

Et la limace dut se taire.

Faut-il en donner la raison ?

Quand soi-même on est sans maison,

Jamais on n'est cousin d'un sot propriétaire.

XXXVI

LA CIGOGNE ET L'HIRONDELLE.

A MONSIEUR ET MADAME E. WALCKIERS.

La cigogne au long cou, la constante hirondelle,
　　　　Se virent dès le premier jour
　　　　Où le gai printemps, de retour,
　　　　Au nid de l'an dernier appelle
　　　　Le bonheur d'un nouvel amour.
　　D'un vieux château, l'une habitait la tour ;
L'autre bâtit son gîte au bord de la tourelle.
　　　　Depuis longtemps elles aimaient
　　　　Leur paisible et bon voisinage,
　　　　Et souvent un doux caquetage
　　　　D'un nid à l'autre répondait.
　　　　Au jour même de l'arrivée,
　　Après chaque récit, véridique ou menteur,
　　　　Impression du voyageur,
　　　　Romanesque plus que prouvée,
　　On se plaisait à prévoir le bonheur

Que donnerait la future couvée ;
Et de se retrouver quelle était la douceur !

    — Voisine, disait l'hirondelle,
A peine de la neige effaçant la blancheur,
Le bon soleil de mars a réchauffé mon aile,
Vite je suis partie... Et voilà qu'en passant,
J'ai vu de l'amandier la fleur précoce et frêle

    Devancer la feuille nouvelle

    Qu'enferme le bourgeon naissant :
Et tel de l'amitié paraît le premier germe.

    — Oui ! dit l'autre oiseau, se posant

    Sur un seul pied, solide et ferme,
C'est une fleur aussi que notre cœur enferme,
Pour mieux s'épanouir au soleil bienfaisant
Du souffle printanier et du temps qui s'écoule.
La fleur cache le fruit sous ses parfums exquis,

    Et sous ses verdoyants abris,

    L'enveloppe croît et déroule
Ce que l'automne attend, par le printemps promis.
— Bien courte est la saison de cette fleur chérie,

    Repond l'hirondelle attendrie ;
La fleur bientôt s'effeuille et nous semble périr.

—Le calice demeure après qu'elle est flétrie,
Les orages d'été, les jours d'avril, la pluie,
Tous les accidents de la vie
Sont nécessaires pour mûrir
Les oiseaux et les fruits... On acquiert à l'épreuve
Des mauvais temps et des jours de malheurs ;
C'est à vieillir que s'en donne la preuve,
Et les plus vieux amis sont encor les meilleurs.

XXXVII

LE ROSSIGNOL ET LE SERPENT.

Le rossignol charmait l'ennui de la couveuse
Non loin du nid,
Et les chansons couraient sous la feuillée ombreuse
Dans le silence de la nuit ;
La lune était au ciel, et sa blanche lumière
Jetait sur le feuillage un doux rayon d'argent,
Que la brise légère,
En ouvrant les rameaux, laissait tomber à terre
Sur l'écaille d'or d'un serpent

Qu'éveille la faim meurtrière,
Criminel désir du méchant.

O beau chanteur, éteins ta voix mélodieuse !
    Ton ennemi monte, rampant
       Sur l'écorce rugueuse,
    Conduit qu'il est par ton accent !
    Le monstre avance... oh ! cesse ! écoute !
Dans le nid menacé règne déjà l'effroi ;
Car l'instinct de la mère a deviné, sans doute,
Le péril qui s'approche... O bel oiseau, tais-toi !
    Craintive, inquiète, elle appelle ,
    L'œil anxieux, au bord du lit
Où votre amour attend la famille nouvelle,
Éclose, par ses soins, des œufs qu'elle chérit !

Mais le rusé serpent sur la branche s'allonge,
Lançant le double dard de sa tête, qu'il plonge
Dans le nid où l'oiseau, blessé, presque expirant,
Ouvrant son aile encor (maternelle victime),
Par un cri d'agonie a dénoncé le crime.
Le rossignol, surpris, se tait... Tout palpitant,

D'un vol soudain, prompt, il s'élance...
Trop tard ! — Tu chantais, imprudent,
Le dragon broyait sous sa dent
Tes amours et ton espérance !

Le malheur est bien près d'un bonheur qui commence.

XXXVIII

LA GRENOUILLE.

S'accroupissant sous le roseau mobile,
Grenouillette rêveuse, au bord de son ruisseau,
Suivait de l'œil la feuille allant au fil de l'eau,
Se perdant au lointain dans les détours d'une île
Où le flot a roulé la nacelle fragile,
Par le vent arrachée au fragile rameau.
Grenouillette songeuse a vu la catastrophe :
    — Ah ! dit-elle, voilà le sort
De l'ignorant, du sot, du fou, du philosophe !
    Tous vont toucher au même bord,
D'un linceul tout pareil ayant tissé l'étoffe.

Pour moi, m'exilant de mes sœurs,

Ici que suis-je venu faire?

L'herbe que la rosée a mouillé de ses pleurs

N'est point la Thébaïde où mon esprit austère

Des jours de ma jeunesse expia les erreurs;

Non, non, j'y voulus satisfaire

Mes capricieuses humeurs.

Sans plus tarder quittons le roseau solitaire,

Le printemps, de retour, me rappelle au plaisir.

Où donc serait le mal de céder au désir

Qu'éveille en moi le trouble involontaire

Auquel mon être entier est contraint d'obéir?

Suivons les règles d'Épicure,

Cédons aux vœux de la nature;

Et, plus vif, le bonheur toujours sera nouveau;

Pour en avoir la preuve sûre,

Je n'ai qu'à me jeter à l'eau.

Ainsi se perd en sa faiblesse

Tout esprit perverti par un faux jugement,

Et, comme grenouillette, abjurant la sagesse,

Retombe dans son élément.

XXXIX

LES DEUX BARBIERS.

Sidy Malek, qui, jadis, fut barbier,

Devenu grand-vizir, promenait par la ville

Les insignes tout neufs de sa grandeur servile,

 Tendant la main et jurant d'être utile

  Aux gens de son métier

   Premier.

C'étaient de beaux saluts, des caresses... que dis-je?

Tant affable il était, que déjà le vizir

  Passait pour tenir du vertige,

 Car, à Stamboul, ce serait un prodige

  De voir un grand se souvenir

 Du mal passé. Ce n'est point comme en France!

Or, en allant, voilà que Sidy reconnaît

  Un pauvre diable qui venait

  A sa rencontre... Lui, s'élance,

  Presse une main tremblante, hélas!

  Et, dans l'excès de sa tendresse,

Va jusqu'à serrer dans ses bras

Celui que, tout haut, il s'empresse

De nommer son ami. — Pourquoi cet embarras?

Disait-il; tu le vois, je suis toujours le même

Pour mes vieux compagnons que j'aime;

Fi de l'orgueil! honte aux ingrats!

Né barbier, les honneurs ne me changeront pas,

Mais parle, cher ami, que veux-tu, quelle place?

Je ferai tout pour toi sans que rien ne me lasse.

— Ah! dit l'autre barbier, je ne sais, mais, du moins,

Puisque de tes amis tu gardes la mémoire

Et leur promets tes charitables soins,

Daigne te souvenir : avant tes jours de gloire,

Moins misérable alors, je remis en tes mains

Une centaine de sequins ;

A ton tour, aujourd'hui, deviens-moi secourable;

Ma triste femme, mes enfants!...

Je les laissai presque mourants,

Pour aller acquitter la taxe déplorable

Par toi-même imposée à tous les vrais croyants.

Le vizir, à ces mots, fit bien quelques grimaces;

Mais le peuple était là. Reprenant un air doux :

— Je rends justice à toi, comme je fais à tous,
   Dit-il; bientôt je recevrai tes gràces
     Pour le prix d'un bienfait rendu.
   Le même soir, le barbier fut pendu.

Sorti de bas étage, un vizir parvenu
Pourra d'un prêt d'argent recevoir la quittance;
Mais, soit justice ou non, il vous est défendu,
     Au risque de vous voir perdu,
De jeter aucun blâme aux droits de sa puissance.

XL

LA TORTUE.

Sur les sables lointains, où la bise, inconnue,
Ne refroidit les eaux où nage le requin,
   Un matelot surprit une tortue
   Paisiblement allant son droit chemin.
De retour au pays, il la mit au bassin
Habité par la carpe et l'anguille menue,
   Léviathans de son jardin.
L'étrangère en trouva l'eau bien froide et bien crue!

Ne bougeant plus... seulement quelquefois

Elle allongeait et la tête et les doigts;

Puis, hélas! se voilait la face,

Car les pleurs lui venaient, sitôt que regardant

Les ébats, le frétillement

De la carpe vive et lutine.

Elle voyait briller son écaille argentine,

Invitant à ses jeux l'anguille sa voisine :

— Venez donc avec nous, lui disait-on souvent;

Mais elle répondait par un frémissement,

Hélas! par un gémissement!

Regret lancé vers son natal rivage.

— Ah! que vous êtes donc sauvage,

Lui répétait l'anguille chaque jour;

Est-il plus beau, plus tranquille séjour,

Où règne plus joyeux bien-être,

Que ce lac ombragé d'arbres à fruit vermeil?

Lorsque perce à travers un rayon de soleil,

Si douce chaleur vous pénètre!

Peut-on goûter charme pareil

Dans votre pays des tempêtes?

— Le ciel qui le premier resplendit sur nos têtes,

Répartit l'étrangère, est toujours le plus beau.

Je veux la vaste mer et non votre ruisseau;

Vos rivages en fleurs ne sont pas mes retraites;

Point de sable où mes œufs un jour seraient éclos!

Votre soleil est froid pour moi, pauvre exilée;

Oui, c'est ici la mort et non point le repos!

       Par l'ouragan jamais troublée

       Votre eau fade, calme et sans flots...

       Ah! ce n'est pas mon eau salée!

XLI

LE RIDEAU.

       Un peintre, esprit licencieux,

       Fit un tableau que sa prudence

       Voulut cacher à tous les yeux;

Le vice fuit le jour, aimé de l'innocence.

       Sous un voile, un épais rideau,

       Fut donc mise l'œuvre achevée,

       A l'obscurité réservée;

       Quel déshonneur pour un tableau!

Aussi se plaignait-il dans un triste murmure.

  Cette lourde étoffe de bure

L'étouffait sous ses plis, en souffrant toutefois,

  Car au contact de la peinture

  Sa pudeur était aux abois.

N'y tenant plus, enfin, et perdant patience,

Effet miraculeux qu'on n'a vu qu'une fois,

Le rideau protecteur put trouver une voix.

— Il faut des spectateurs à ta folle impudence,

  Tentateur éhonté! mais crois

  Qu'en ma servile obéissance,

Du maître, avec douleur, je respecte les droits;

De tes traits vicieux, active conscience,

  Si je les cache, je les vois.

XLII

LA FONTAINE ET LE FILET D'EAU.

Tout desséchait, brûlait sur les monts, dans la plaine,

Le ciel semblait d'airain, pas une goutte d'eau

  N'était tombée, et d'un faible ruisseau

Le filet languissant se roulait avec peine

Dans les bassins veinés d'une riche fontaine;

Fière de la beauté qu'elle dut au ciseau,

L'orgueilleuse disait à l'onde rare et claire :

— Vous me déshonorez; ma structure légère

      Maintenant semble être un tombeau.

— C'est vrai, répondit l'onde avec un doux murmure,

Ma source va tarir; je disparais, hélas!

Mais apprends, folle, apprends, en me faisant injure,

      Que sans moi tu ne serais pas.

Les pères n'ont rien fait pour les enfants ingrats.

XLIII

LA TAUPE ET L'ÉCUREUIL.

    Une taupe sortait de terre;

Sur son arbre perché, monseigneur écureuil,

    Mauvais plaisant par caractère,

    Crut, par ces mots, lui faire accueil :

    — Bonjour, bonjour! où donc, pauvrette,

    Ainsi courez à l'aveuglette?

Il vous peut arriver malheur;

A cent pas je vois le chasseur,

Attention qu'il ne vous guette!

Or la taupe levant la tête,

Ainsi repartit au railleur :

— Un peu de charité, pour une pauvre bête!

Hélas! je ne me suis point faite.

Quoi qu'il en soit, du Créateur

L'œuvre, en tous points, est raisonnable et sage :

« Rien de beau que l'utile, » a dit un vieil adage,

Dont l'à-propos n'est pas menteur.

Tes yeux si beaux surpassent en grandeur

Les miens percés comme par une aiguille;

En ton regard vif et moqueur

La gaîté rit, la malice petille,

Mais en mon sentier souterrain,

Mes yeux mi-clos, à moi, sont d'un très-bon usage.

Me pourrais-tu suivre en voyage

Sans t'aveugler dans le chemin?

— Essayons-en, dit l'écureuil badin.

Et crac, d'un bond il s'enfile sous terre.

Au premier pas qu'il y veut faire,

Le fat est aveuglé soudain.

Il recule, la taupe avance davantage

Et sous le sol se perd enfin.

Lui, se frotte les yeux, puis reprenant son train

Sur un arbre du voisinage :

— Ma foi, dit-il, jouons, et laissons de côté

La vanité.

La taupe avait raison, croyons à son langage :

La beauté,

C'est l'utilité.

Il ne pouvait mieux dire, et, dans l'épais feuillage,

Lui, qui tant se vantait d'y voir,

Fut, hélas! par un chat sauvage,

Happé le même soir.

XLIV

L'ÉPAGNEUL.

« Tel rit d'autrui, qui se raille soi-même. »

Voilà ce que je vis en ces jardins si beaux,

Où les palais sont formés de cristaux;

Murs transparents, la fleur y croît et sème
Sa feuille et ses parfums nouveaux
N'importe la saison, chaleur ou froid extrême;
La nature s'y plie au désir du savant;
La plante pour l'étude à grands frais cultivée,
A fleuri des jardins l'enceinte réservée;
L'oiseau gazouille et chante où mugit l'éléphant;
Éblouissante bigarrure,
Le tigre de sa robe étale la parure
Où le lion terrible a bondi, rugissant.

La scène est désignée, allons vite en passant.

Un épagneul, petit et de frêle structure,
Enseveli dans sa fourrure,
Allait partout se prélassant
Et grimaçant.
Rien ne plaisait au fat que sa fade figure :
Du sot un bel habit peut faire un important;
Enfin, dans les salons où l'étude interroge
Du squelette blanchi l'instinct qui l'anima,
Mon tout petit chien se trouva.

— est un charnier! dit-il, que cette immense loge.

Eh! mon Dieu! que vois-je donc là,

Auprès de ce géant qui fut hippopotame?

Quels os menus et courts!... Je jure, sur mon âme!

N'avoir jamais rien vu pareil à ça.

— Dépouille-toi, tu sauras le contraire ;

Moins beau que je le fus, tu n'en es pas plus grand,

Répondit une voix solennelle et sévère,

Qui rendit l'épagneul tremblant;

Plus digne de mépris encor que de colère,

Abaisse devant moi ton regard insolent :

Misérable !.. je suis ton père.

XLV

LA COULEUVRE ET LA GÉNISSE.

— Une ardente soif me dévore,

Je vais mourir sous les feux de l'été;

Un peu de lait par pure humanité !

— Je ne le puis, j'ai souvenance encore

De t'avoir fait la charité.

Ainsi disaient la couleuvre rampante
Et la noire bretonne, aux bords d'un pré fleuri.
— Il est vrai, l'an passé, tu fus compatissante.
— Laitière de la ferme et, génisse imprudente,
Mes mamelles, hélas ! en ont longtemps pâti.

     — Oh ! depuis lors, je suis changée !
De leurs poisons mes dents ont perdu l'âcreté ;
Tu peux donner ton lait en toute sûreté ;
Regarde-moi, sur l'herbe, où je coule, allongée,
Peux-tu, de mes couleurs, revoir un seul anneau ?

     Ces jours derniers, ma toute chère !
Je dépouillai ma robe avec mon caractère ;

     En moi, vois-tu, tout est nouveau.

— Ah ! repartit, dans sa prudence extrême,
En s'éloignant la reine du troupeau :

     Le serpent peut changer de peau,
     Mais son venin reste le même.

XLVI

L'ÉPHÉMÈRE.

Le soleil a fourni la moitié de sa course,

Et d'un insecte, bien petit,

Né du matin pour mourir à la nuit,

L'instinct, ou peut-être l'esprit,

Contre l'ennui de vivre implore une ressource :

— Quand cessera, dit-il, la lumière qui luit ?

J'ai tout usé : né dès l'aurore,

J'ai connu les plaisirs dont l'ardeur nous dévore ;

Heureux par l'amitié, j'ai vécu pour l'amour ;

Parcourant cent climats sur les fleurs d'alentour,

Qu'ai-je ici-bas à voir encore

Pour employer tout le reste du jour ?

Ah ! que la vie est longue, et que son poids fatigue !

Quittons le bruit qui trouble et ce monde trompeur ;

C'est un repos constant que la sagesse brigue,

L'aspect du soir tranquille est doux au voyageur ;

Mais qu'il est loin, hélas ! l'avenir du bonheur !

Ainsi s'affaissant sous ses ailes,
Un éphémère se plaignait
De la longueur du temps et des heures si belles
Que le ciel encor lui donnait;
C'est une triste maladie,
Mais l'insecte, de son ennui,
Ne gémirait pas aujourd'hui
S'il avait mieux rempli sa vie!

XLVII

LA MOUCHE.

Dans un coin abrité, lit bien clos pour l'hiver,
Une mouche tapie, attendait, patiente.
Décembre la trouvant vivante,
Elle espérait revoir le soleil pur et clair
De la belle saison suivante.
— Que de récits à faire aux jeunes moucherons !
De conseils, d'utiles leçons !
Oh ! qu'ils seront heureux de son expérience !
Mais l'hiver est bien long, quand donc finirait-il ?

Et, pour juger si le printemps s'avance,
Elle allonge la tête et passe un œil subtil
    Au bord du trou. L'œil de la pauvre bête
Est ébloui d'abord, car à chaque facette
Se reflète un soleil; elle en voit plus de cent.
    —Ah! je puis m'envoler, dit-elle;
Les beaux jours sont venus, et leur chaleur nouvelle
Me rend jeune et légère. Elle s'élève au vent,
Et part; mais au détour du mur qui la recèle,
    La brise souffle, et vient, cruelle,
Frapper, anéantir son bonheur d'un instant :
    Emportée au loin, elle tombe,
    Et dit, à son dernier moment :
    — Moi-même j'ai creusé ma tombe.

Quel que soit le soleil qui luise à nos vieux ans,
    Il n'est pas celui du printemps.
Vieillards, c'est un avis que nous donne la mouche;
    Assis au bord de notre couche,
Heureux de leur bonheur, laissons à nos enfants
La joie et les plaisirs, mortels aux cheveux blancs.

XLVIII.

LE CASTOR ET LE CROCODILE.

Dans ne sais quelles eaux du beau pays d'Asie,
En un fleuve rapide, au cours majestueux,
Deux voisins devisaient des traits aventureux
    De leur existence amphibie :
C'étaient messer castor, maître en maçonnerie,
    Et crocodilus le fameux,
En qui la soif du sang éveille le génie ;
    Qu'ils étaient différents tous deux !
— Voyez-vous la cabane où m'attend ma famille ?
Répétait l'ouvrier ; c'est mon ouvrage, à moi !
Contemplez cette digue ; ici, l'eau roule et brille :
Mon art l'a retenue, et je n'ai plus, ma foi !
A craindre de l'été la longue sécheresse ;
Et puis, après ma mort, quel exemple je laisse :
La paix dans le travail ! — Très-bien, applaudis-toi,
Puisqu'il te faut, pour vivre, abjurer la paresse,
Qui de mon cœur, voisin, est la suprême loi ;

Travaille fort, sois bon époux, bon père,

Moi, gaîment au soleil, je m'étends sous les eaux.

Mes enfants !... Eh ! pour eux, perdrais-je mon repos ?

Hier je déposai dans le sein de la terre

Les œufs qui, sans mes soins, un jour seront éclos ;

Brave et rusé pourtant je me plais à la guerre,

Et sais, lorsque j'ai faim, happer le voyageur

Attiré, par mes cris, dans un piége trompeur ;

Mais, je l'ai dit, et crois-moi, cher compère,

    L'oisiveté, c'est le bonheur.

As-tu coucher plus doux ou déjeuner meilleur,

Lorsque, par le travail, ta vie est consumée ?

    Ta gloire, vois-tu, c'est fumée !

Tu n'en finis pas moins, tué par le chasseur.

    — Il est vrai, mais un noble cœur,

    Même en sa perte consommée,

    Se peut consoler du malheur

    Par une bonne renommée.

XLIX

LES DEUX OURS.

Pataud le roux et Dévorant le noir,
Tous deux amis, réunis par le crime,
Au coin d'un bois guettant une victime,
Par des chasseurs furent surpris un soir.
— La peau du noir fera bonne fourure,
Dit un chasseur; et de son arme sort,
Avec le feu, la blessure de mort.
— Je veux le roux vivant, et l'aurai, chose sûre,
Dit un autre chasseur ; et d'un lacet puissant
    Jeté de loin, il l'enlace et l'étend
      A son désir, sur la verdure.
— Malheur ! hurlait le noir à l'instant de mourir,
      Brûlant d'une impuissante rage ;
— Nous avons fait le mal, il nous le faut souffrir,
Lui dit le roux, déjà soumis à l'esclavage ;
Tu meurs, mon pauvre ami, je vais vivre et pâtir,
Obéir à la main dont je suivrai la laisse,

6

Et me courber, puni, sous le ciel qui me laisse
Le temps et le malheur pour me mieux repentir.

L

LA MONTAGNE.

La tempête bruyait, et la foudre, en éclats,
Brûlait de ses sillons la nue et la campagne,
    Et sur les flancs d'une haute montagne,
Furieuse, frappait, en ne se lassant pas.
      La roche altière, inébranlable,
Ou, du moins, se croyant telle en ses fondements,
        A ce combat des éléments
        Opposait, d'un front redoutable,
        Sa masse entière et formidable.
— Je suis posée ici dès le commencement,
Disait-elle ; et des jeux de la vieille nature,
        Méprise le cours inconstant.
      Un coup de foudre est une injure !
Mais rapide est l'éclair qui me touche en passant ;
        Moi, je suis à jamais assise,

La tête dans la nue, abritant sous mes lois,

Les glaciers, les eaux, les minéraux, les bois ;

Il peut tonner aux cieux, que ma fierté méprise ;

Que viennent les torrents des lointains horizons...

C'est une heureuse ondée, et mes nombreux vallons

Recevront sa fraîcheur, pour ajouter encore

     A la beauté qui me décore ;

C'est un blé plus grenu qui germe en mes sillons !

L'orgueilleuse disait, tandis qu'en ses cavernes

Le volcan s'irritait, amoncelant ses feux,

Les fleuves de sa lave et les flots sulfureux

     Roulants en leurs noires citernes.

Bientôt la terre tremble, et le ciel, tourmenté,

     D'une vapeur de sang se couvre ;

Le tonnerre, aux cents bruits, est cent fois répété,

     Enfin le cratère éclaté

       S'ouvre !

Le feu terrestre au feu des cieux est emporté,

La montagne n'est plus ; dans l'écho des tempêtes,

Brisée ainsi qu'un verre, elle ne prévit pas

     Que les plus sinistres éclats

     Ne sont point ceux qui grondent sur nos têtes.

LI

LA RONCE ET L'ORTIE.

Sous des murs écroulés, d'inégale hauteur,

      Débris tombés, vieilles ruines,

      L'ortie et la ronce, voisines,

Farouches toutes deux et d'assez mauvais cœur,

Révélaient, à l'envi, leur querelleuse humeur.

Deux méchants peuvent-ils vivre d'intelligence !

Les vieux murs s'ébranlaient à leurs cruels discours

      Qui recommençaient tous les jours ;

Et le lierre grimpeur, dont la tour se couronne,

      Frémissait, ainsi qu'à l'automne,

Quand l'heure de l'hiver vient réveiller l'écho.

— L'avarice vous ronge et voudrait bien, je pense,

      Disait l'ortie, à tout passant nouveau,

      Arracher un pan de manteau !

Avec quel déplaisir, en ses temps de souffrance,

Vous donnez de vos fruits au plus petit oiseau,

Près de périr par excès d'abstinence !

— Il vous sied d'afficher autant d'impertinence,

Disait la ronce ; vous, dont le contact fatal

A la plus dure peau cause toujours du mal ;

Que toute main évite, et qu'on maudit, ma chère.

— Cela se peut ; d'ailleurs, jamais cherchai-je à plaire

      Et me parai-je, comme vous,

De bouquets, où l'épine est la plus meurtrière ?

— Dussiez-vous dessécher sous vos dépits jaloux,

Ces fleurs cachent un fruit, utile, salutaire,

      Et mes bourgeons ne sont-ils pas

      Recherchés de l'apothicaire ?

      — Ah ! que vous faites d'embarras !

Ne vient-on pas aussi cueillir ma tige ?

Pour arrêter le sang, mon suc est un prodige,

      Je suis utile en plus d'un cas.

— Ça n'est pas vrai ! — Vous mentez ! — Insolente !

— Ah ! cessez, dit alors une mousse rampante,

      Petit brin d'herbe, à leurs pieds étendu ;

Pour vous mettre d'accord, moi, j'ai tout entendu.

      Grâces au ciel, dans sa bonté puissante,

      Il n'est, croyez-le, nulle plante,

Ni cœur méchant et corrompu
Qui ne possède au moins une vertu.

LII

LE HÉRISSON.

Un hérisson, sous ses pointes aiguës,
Écoutait le jargon d'un perroquet subtil,
    Venu, disait-on, du Brésil,
    Et de forêts très-peu connues.
    Or, notre oiseau, des plus instruits
Par un maître savant, profond naturaliste,
Du hérisson si laid connaissait tout le prix,
    Et l'eût voulu voir sur la piste
Des serpents venimeux, fléaux de son pays.
Telle est du hérisson la vertu singulière :
    Nul poison n'a prise sur lui,
Morsure de couleuvre ou venin de vipère ;
Le fait, par maint docteur, se révèle aujourd'hui.
    Pour moi, je ne m'y fierai guère,
Et ne suis pas le seul ; on le va voir ici.

Car notre perroquet, assez maligne bête,

    Semblait douter en ricanant;

Il raillait comme un fat sait railler trop souvent,

Et d'ailleurs du bavard la langue est toujours prête!

    — Ah! disait-il de sa voix en fausset;

      Favorisé de la nature,

Tu ne redoutes point de manquer de pâture,

    Tout peut servir à ton banquet!

    Mais je voudrais te voir combattre

Le serpent à sonnettes et le boa glouton;

    Est-il bien vrai, brave garçon,

Que, sans danger pour toi, tu les pourrais abattre?

    — Ah! répondit le hérisson,

Oiseau moqueur, d'un mot je te pourrais confondre;

    Mais ton bavardage est trop vain

    Pour m'engager à te répondre.

A ton esprit mal plaisant et malin,

Je l'avoûrai pourtant, sans trop longues harangues;

    Par un miraculeux destin

    Je ne puis craindre aucun venin,

    Hors celui des méchantes langues.

LIII

LA GAZELLE MÈRE.

— D'où venez-vous, ma fille, et si leste et si belle,

  La tête droite et l'œil brillant?

  Disait une mère gazelle

  A l'instinct grave et très-prudent.

— De l'oasis prochain où la feuille est nouvelle,

  Répondit la jeune femelle,

 Où j'ai couru, plus vite que le vent,

Sur l'herbe où la rosée au soleil étincelle:

Une compagne et moi, nous y broutons souvent.

  A chaque jour le plaisir y révèle

  Un jeu nouveau, le plus charmant!

Nous y parlons de vous et de tout votre zèle,

De votre amour pour moi, folle et naïve enfant!

  — Et vous, mon fils, reprit la mère,

  Où fûtes-vous au point du jour

D'un pas furtif, et non d'une course légère?

Pourquoi si tristement vous trouvé-je au retour?

— C'est une erreur; je suis tout joyeux, au contraire,

Et je viens... Mais pourquoi vous le dirai-je ici?

Mon âge me permet de m'éloigner aussi,

Sans redire au logis ce qu'ailleurs j'ai pu faire;

    Voilà-t-il pas si grande affaire!

Eh bien! à mon désir je me suis diverti.

— Ah! dit en soupirant la gazelle troublée

    De la brusque humeur de son fils;

Témoin de vos plaisirs, j'eusse été désolée;

Vous me les rediriez s'ils vous étaient permis.

Votre sœur de ses jeux ne me fait nul mystère;

    Et qui se cache de sa mère

    Fais toujours mal, je vous le dis.

    Il faut que jeunesse s'amuse,

    Mais s'amuse honorablement,

    Puisse l'avouer hautement

    Sans détours, ni chercher d'excuse,

    Aux plaisirs pris honnêtement.

LIV

LA NUÉE.

Au plus haut point des monts où règnent les hivers,
Sur les glaçons mêlés aux neiges éternelles
Arrivaient les vapeurs des fleuves et des mers,
  Neiges incessantes, nouvelles,
  Accumulant leurs flots divers ;
Et plus bas, au vallon, sortant d'une chaumière,
Une vapeur bleuâtre, ondoyante et légère
  S'épandait aussi dans les airs ;
Le soleil obscurci, du haut de la montagne
  N'éclairait plus l'imposante grandeur ;
Et le petit nuage, aussi dans la campagne,
D'un petit pré, bien vert, nuançait la couleur
  Sous une plus sombre apparence ;
  Il était fier de tant d'honneur !
Son orgueil était grand ; sa raison était bonne :
Isolé dans le ciel, il suit l'aire des vents,
Vêtissant, à leur gré, mille aspects différents ;

Mais qu'il s'unisse enfin au nuage qui tonne,

Il en double la force, ajoute à la terreur

Dont la terre, en attente, et s'émeut et frissonne!

Ainsi s'unit un peuple en des jours de fureur!

      Mais sur le chaume qu'elle couvre

D'ombres, où par instants la clarté tombe et s'ouvre

      Comme un rayon du paradis,

La nuée en fuyant, au rustique logis

      Semble laisser ce sage avis :

— Paisibles habitants, n'enviez pas du Louvre

La splendeur achetée à si terribles prix !

Qui vivra comme vous n'aura point d'ennemis,

Et sous les bois heureux d'où l'intrigue est bannie,

      Sans ambition, sans envie,

Les amis seront sûrs, que vous aurez choisis!

Laissez courir au loin, précurseur des naufrages,

La nuée assombrie en ses tristes lueurs;

De vos champs reverdis en admirant les fleurs,

Laissez des monts altiers le tonnerre et ses rages

Pulvériser les flancs par d'immenses ravages

      Que lance le feu destructeur.

Et toi, sommet du mont, en ta vaine hauteur,

Vois aussi d'où je sors, m'élançant aux nuages,
Et grandissant pour nuire où je trouve un soutien.
Je ne suis que vapeur, une fumée, un rien...
Et cependant c'est moi qui forme les orages!

LV

COLETTE.

Quand viennent les premiers beaux jours,
Au coin du bois la pâquerette
Semble dire à l'œil qui la guette :
Du printemps je suis les amours!
    Blanche et jolie,
    Dans la prairie,
Elle séduit par sa fraîcheur.
    Sitôt cueillie,
    Elle est flétrie ;
    Ainsi du cœur
    Fuit le bonheur ;
Car le bonheur, c'est une fleur
    Qui naît et passe,

Sans laisser trace;

Ah ! quel malheur !

Colette ainsi chantait en portant à la ville

Les fruits cueillis dans son verger,

Que, pour un peu d'argent, elle allait échanger.

Le calme et la santé régnaient dans son asile :

La mère à son rouet filait ;

Dans le pré le troupeau paissait ;

Et d'un ami bien cher la constance était sûre ;

Que pouvait redouter Colette en cheminant ?

Tout lui riait dans la nature...

Elle le croyait... Pauvre enfant !

Ne chante plus, fillette ; hélas ! en ta masure

L'adversité terrible a mis son bras de fer ;

L'incendie et la mort ont comblé ta misère !

Ton jeune ami voulut sauver ta vieille mère...

Et seule te voilà, sous l'injure de l'air ;

Plus de cœurs pour t'aimer, plus d'heureuse chaumière !

Redis, si tu le peux, mais d'une voix amère :

Oui, le bonheur,

C'est une fleur

Qui naît et passe

Sans laisser trace ;

Ah ! quel malheur !

LVI

LA COLOMBE ET L'ORFRAIE.

Dans le creux d'un clocher vivait une colombe,

Cachant son nid sous une touffe en fleurs,

Violier venu là par hasard, et qui tombe

Comme un rideau de soyeuses couleurs,

Voilant le lit où l'oiseau qui roucoule

Languissamment se tapit et se roule.

Un peu plus haut, sur le rebord

Où se montre, sculptée, une tête de mort,

Vit une orfraie aussi, voisine un peu farouche :

Un lierre à mille pieds sert d'ombrage à sa couche,

Qu'elle quitte à l'instant d'où du ciel vient la nuit,

Pour y rentrer sitôt qu'un premier rayon luit.

Or, c'était vers le soir ; l'une et l'autre voisine

Était à son logis : la colombe rentrant ;

L'orfraie, au contraire, attendant.

Tout à coup du clocher, pour finir la ruine,

Frappent tous les marteaux à qui mieux mieux fera,

Des clochetons, cloches et cœtera.

La colombe en tressaille, et l'autre, épouvantée,

Est à l'instant, malgré l'éclat du jour

Qui luit trop pour ses yeux, de s'enfuir de la tour.

Dans la frayeur où leur âme est jetée,

Elles sortent pour s'informer,

En allongeant le cou, tout juste à leur portée.

Savoir d'où vient le mal suffit pour nous calmer.

Donc les voilà, penchant un peu la tête,

Écoutant, écoutant; puis se moquant un peu,

Se disant : — Ah! que j'étais bête!

Les cloches vont ainsi sonnant pour une fête :

Du carillonneur c'est un jeu.

Le jeu de la mort, dit l'orfraie ;

Car ce mot n'a rien qui l'effraie,

Elle qui sait, prédisant le trépas,

Du malade en son lit menacer la souffrance,

Et, par son cri, devancer la présence

Du spectre armé qui ne pardonne pas.

Oui, c'est la mort : un cadavre qui passe,

    Qu'on va descendre en son caveau ;

  Mais quel est-il, pour que d'un bruit si beau

Le clocher, par honneur, octroie ainsi sa grâce ?

Il n'en est pas moins mort et j'ai plaisir, vraiment,

D'assister de si haut à son enterrement.

La colombe disait : — Oui, tout ce grand tapage,

Assurément, se fait pour un bon mariage ;

Des époux assortis célèbrent ce beau jour.

On ne peut dire assez les vœux d'un pur amour !

Allez, allez au loin porter aux cœurs fidèles

Les accents tout joyeux de l'airain résonnant ;

    Allez-y comme vont mes ailes

Lorsque mon doux ami m'entoure de son chant

Et des vœux de son cœur, qui seraient vos modèles ;

Amour et mariage ! accord doux et charmant

Que va bénir l'autel en ses lois éternelles !

L'orfraie et la colombe en une même erreur

    S'agitaient... car, surprise extrême,

    Le bedeau sonnait un baptême !

Crédules toutes deux, n'écoutant que leur cœur,

L'une rêvait d'amour et l'autre de malheur.

Dans l'espérance ou dans la crainte,
Suivant nos vœux, nos passions,
Quel qu'il soit, le marteau qui tinte
Nous sait tromper avec les mêmes sons.

LVII

L'HYMNE A LA VIERGE.

Sous le rocher d'où fuit une onde pure et claire,
Un anachorète priait.
Plus limpide que l'eau, son cœur à Dieu s'ouvrait,
Comme le ciel aussi s'ouvrait à sa prière ;
Tandis qu'un étranger, fuyant et solitaire,
Caché près de là, l'écoutait,
Haletant sous le crime et souffrant de misère.

Salut, reine au front radieux,
Ma faiblesse à vos pieds s'incline,
Vierge sainte, mère divine,
Veillez sur nous du haut des cieux !
Sur cette terre,

Aux orphelins
Tendez les mains,
O douce mère!
Qu'un Dieu sauveur,
Par vous accorde
Miséricorde
A moi pécheur!

Et la voix de l'homme qui prie,
Même au cœur du brigand porte un charme si doux !
L'étranger sent, sous lui, plier ses deux genoux :
— J'ai soif, j'ai faim, dit-il ; mais respect à la vie
    De l'homme saint qui sait prier pour nous!
Oui, je suis orphelin... car Dieu même me laisse
Errant dans le désert, où, semblable au serpent,
J'enlace ma victime et nourris ma paresse
De vols et de la mort du pèlerin passant;
Mais que j'expire ou non sous le mal qui m'accable,
    Ma main ne sera pas coupable;
Une fois, ô mon cœur, tu seras généreux !
Priez, priez encor, priez pour moi, mon frère !
Je ne le puis, hélas! mais je sens de mes yeux

Une larme couler!... Mon Dieu, c'est la première;
    Je vous la dois, homme pieux!
Moi, porter près de vous l'effroi qui désespère!
Et vous donner la mort par un meurtre odieux!
    Je croirais égorger mon père!
Et pour nous, insensés, qui méprisons des cieux
    Le secours saint et salutaire,
Ne pouvons-nous garder la foi de la prière?
    Elle est si douce aux cœurs des malheureux!
    Quand la voix pieuse et sincère
    S'élevait au creux du rocher,
Protectrice secrète, elle vint arracher
    Une victime à la main meurtrière,
    Que ses accents surent toucher.

LVIII

LE VER LUISANT.

    — Je suis un enfant de la terre,
    Libre et content, cachant mes jours,
    Je vis en sage et je n'éclaire

Que l'heureux temps de mes amours.
D'un ver luisant tel était le discours,
Mais, imprudent, il montrait sa lumière;
Plus fort que lui le vint chercher.
  Désir de briller et de plaire,
  Va mal à qui veut se cacher
  Pour vivre heureux et solitaire.

LIX

LE BILLET DE BANQUE.

L'ignorance est pour soi cruelle,
Et nuit à qui l'a veut garder.
L'axiome est parfait; on le peut demander
Au grand regret de certaine donzelle.
  Elle allait au marché, la belle,
  Et trouva sous ses pas grossiers
Un billet à demi caché sous des papiers,
Rebuts par les voisins jetés en la ruelle.
  — Quelle trouvaille ! se dit-elle ;
J'eus tort de me baisser pour ramasser si peu !

J'en aurai, tout au plus, pour allumer mon feu!
Sans chercher d'un conseil le bon sens qui lui manque,
Notre sotte au foyer mit un billet de banque.

LX

L'OBÉLISQUE.

Sous le beau ciel d'Égypte, aux sables de Luxor,
            L'obélisque, debout encor,
Voyait de maint savant les mines curieuses
S'exercer vainement à déchiffrer les traits
            Semés sur ses faces rugueuses,
Symbole au sens perdu qu'on ne trouva jamais;
Et, soit qu'il fût natif d'Angleterre ou de France,
Teuton, Russe ou Lapon s'il s'en eût pu trouver,
            En le voyant, pas un n'eût su prouver
            Rien, sinon sa triste ignorance.
Et pourtant assourdi par leurs raisonnements,
            Le magnifique bloc, immuable en sa pose,
Entendait la dispute et l'ennuyeuse prose
            De cent bavards plus ou moins éloquents;

Il en riait sous sa dure apparence,
Lui qui du temps antique avait encor présents
Les mystères sacrés, souveraine puissance,
Inexorable même aux pharaons tremblants.
Il eût pu de l'Ibis, d'Horus et du Canope,
Ouvrir à leurs regards la subtile enveloppe,
Envieux qu'ils étaient d'un spectacle pareil !
Soit que la pierre en sa magnificence,
Produit intelligent d'une haute science,
Comme signe eût servi de limite au soleil,
Lorsqu'Ibis, en son deuil, se lamente et l'appelle ;
Ou que, tombeau cellant la dépouille mortelle
D'un roi frappé d'oubli, même en son monument,
Dressé là, pour donner la mémoire éternelle
Des vanités de l'homme et de tout son néant.
        Mais, muet, l'obélisque laisse
Le commentaire aller se perdre à son entour :
        La savante et verbeuse cour
Interroge le sphinx et s'applique et s'empresse ;
Vainement, rien ne luit a l'esprit de sagesse,
        Qu'elle s'efforce à mettre au jour.
— Je te dévoilerai ! dit l'un des plus avides,

Et ne quitterai pas ta base où je languis,

Ton soleil dévorant et tes sables arides,

Sans avoir tes secrets à mes travaux promis.

Je saurai, je le veux, ta naissance, ton âge !

Mais qui fut bien surpris, ce fut notre savant ;

Car voilà qu'à ses pieds un tout petit fragment,

Granit inaperçu, lui répond doucement :

 — Moi, je le sais, et je puis, homme sage,

Servir à te guider sur ce fait important ;

Car tu sauras que moi, chétif éclat de pierre,

   Je compte par milliers mes ans.

   Le plus proche de mes parents,

De même âge que moi, l'obélisque est mon frère ;

Une cruelle main de lui me sépara.

Regarde à son sommet quelle est cette échancrure,

   Et considère ma figure ;

Un coup trop malheureux me fit tomber de là.

   A son faîte, hélas ! la première

Je devais du soleil, sans ce funeste choc,

   Recevoir la vive lumière,

  Je le vois élevé, défiant le tonnerre ;

   Puissant en son énorme bloc,

Moi, méprisée et gisant sur la terre ;

Née avec lui, tenant au même roc,

Je suis de sa famille et vis dans la misère !

— Je te crois, mais cela ne m'instruis pas, ma chère,

Du nombre des siècles passés

Et des systèmes effacés

Dont l'obélisque atteste le mystère ;

C'est là ce que de toi je désire savoir.

— Non plus que vous je ne sais lire

Les traits où le savant peut découvrir, et voir

Ce que mon frère cache et seul pourrait nous dire,

Car on ne grava pas sur ma fragilité

Les signes d'un secret et mystique langage ;

Dans le temps où les feux étendaient leur ravage

Sur la terre, nouvelle encore en sa beauté,

Formés au même jour, je sais quel est notre âge,

Voilà tout : ignorante en ma simplicité.

Je n'en puis dire davantage.

— Ah ! vraiment, répondit le savant aux abois,

Que te sert de vieillir, si dans ton ignorance

Tu demeures toujours, et t'y plais à la fois ;

Qui vécut tant de jours, nous doit l'expérience

Et du bien et du mal éprouvés autrefois,
Mais de la pierre aussi sait sortir une voix !
    Elle vous dit, dans le silence :
— Respectant les secrets de l'antique science,
Gravez, comme on le fait en la maison des rois,
    En lettres d'or ineffaçables
    Au cœur de vos heureux enfants,
Qu'à l'abri des rigueurs et des malheurs du temps,
    Sont les vertus impérissables !

LXI

L'AÉROLITHE.

Un berger, jeune enfant, lorsque dans les prairies
    Paisiblement paissait tout son troupeau,
Se plaisait à chasser quelque petit oiseau
Volant sur les buissons d'aubépines fleuries.
Une fronde, un caillou ; c'était son arsenal,
Mais la mort en sortait ; las ! la frivole enfance,
Cruelle autant que l'homme en son indifférence,
Ardente à ses plaisirs, n'y voit jamais de mal.
Quand survient la tourmente et l'éclair et l'orage,

Il voit... spectacle étrange à glacer tout courage !
Sur l'herbe, où le sommeil l'a surpris si souvent,
Il voit, saisi d'horreur, stupéfait d'épouvante,
De la nue, où la foudre éclate en sillonnant,
　　　　Tomber une masse brûlante,
Que vingt bras réunis ne pourraient soulever !
— Ah ! dit l'enfant ému, Dieu me veut éprouver !
Moi qui courais aux champs dans une folle envie,
Et des oiseaux chanteurs épiais le retour,
　　　　Enfant cruel, pour leur ôter la vie !
Ici même, au péril échappé dans ce jour,
Je sens mon cœur s'ouvrir à la pitié nouvelle,
Que Dieu, dans sa bonté, me dicte et me révèle.
Oui, ma fronde oubliée a cessé de siffler
Sous le caillou lancé dans une attente impie ;
De mes jeux meurtriers la tâche est accomplie :
Soyez joyeux, ma main n'ira plus vous troubler,
Petits amis ; venez autour de moi voler.
Sur cette même place où me riaient les songes,
Les cieux m'ont envoyé pour avertissement
Cette pierre, ou ce fer, tombés du firmament ;
Vos oracles, mon Dieu ! ne sont point des mensonges

Pour être entendus vainement !

Commandée aux humains : charité salutaire,

Pitié pour tous, à l'homme ainsi qu'au faible oisel !

La clémence infinie aura pouvoir au ciel,

Pour qui sera clément en passant sur la terre.

LXII

LA BOUTEILLE ET LE SEAU.

Petit marchand parfois fait de bonnes affaires !

    Et léger gain, souvent renouvelé,

Des coffres de Plutus lui peut donner la clé !

On dit : « Petits ruisseaux font les grandes rivières. »

      Ainsi moralisait un seau,

      Causant avec une bouteille ;

      Lui, vide, elle emplie et vermeille

      Sous le reflet du vin nouveau,

      Joyeux régal qu'un porteur d'eau

A son repas du soir destinait dès la veille.

— Chère, disait le seau, dès que s'ouvre le jour,

Le maître me charrie, accompagné d'un frère,

      Gagnant deux sous à chaque tour !

En combien de maisons, ma chère,

Et d'étages franchis, je le vois tour à tour

Apporter son eau fraîche et claire !

Que de fatigues, de sueurs !

Sa bourse, il est vrai s'accommode

Du prix reçu de ses labeurs ;

Et du fils de l'Auvergne on connaît la méthode :

Amasser à Paris, pour aller vivre ailleurs.

— Puisse-t-il parvenir à tout ce qu'il espère !

Répondit la dame de verre ;

Mettant sou sur sou, je crois bien

Qu'on peut, avec le temps, se voir propriétaire ;

Mais, je sais mieux encor tout le mal que peut faire

La liqueur qui fermente en mon corps transparent ;

Porteur d'eau ferait mieux de puiser au contraire

Au fade liquide qu'il vend,

Car, mon ami, qui veut devenir opulent,

Seigneur et maître de sa terre,

Ne me doit pas vider souvent.

La richesse n'arrive guère

A l'ouvrier intempérant.

LXIII

L'ARAIGNÉE.

— Voici venir le soir!... à la faim résignée,
Suspendue à son fil, disait une araignée :
Arrêtons-nous, je ne puis d'un réseau
     Commencer le travail nouveau;
Sous un nuage d'or le soleil qui se couche
     Au repos appelle la mouche;
A jeun, il me faudra dormir jusqu'à demain;
    En étourdie, et depuis ce matin,
      Usant le suc de ma filière,
      J'ai couru partout le jardin
      Sans tisser une toile entière.
      Par-ci par-là, d'un premier fil,
Si je voulus fonder le solide édifice,
Bientôt je le brisai dans un nouveau caprice
Plaisant à mon esprit, plus léger que subtil;
Car, croyant sous la feuille entrevoir une place,
Asile plus caché, d'où je guetterais mieux

Le gibier dont je suis la trace,
Par espoir de meilleure chasse,
J'allais ainsi toujours, cherchant de nouveaux lieux,
Abusant du bonheur, qui, trop vite, se lasse
De nos désirs aventureux.
Eh! voilà comme la jeunesse
Perd son temps, va sans réfléchir,
Entreprend tout sans rien finir;
Et lorsqu'arrive la vieillesse
Il est trop tard pour bien bâtir.

LXIV

LE CHAMEAU ET LA GIRAFE

La girafe et le chameau,
Un soir se virent de face,
La dame fit laide grimace;
Hautaine et dédaigneuse, elle cédait la place,
Et, d'un pas lent et fier, s'éloignait du coteau
Vers lequel le voisin allait, suivant sa trace;

Se retournant, d'un ton impérieux :

   — Pourquoi me suivez-vous? dit-elle.

  — Je te crois bonne, et me parais si belle !

Je te suis; en ta grâce est le bonheur des yeux.

— Vraiment! j'en suis flattée, et ne peux te redire

   Combien me plaît et me ravit.

   Le tour charmant de ton esprit;

  Mais, par malheur, ta bosse me fait rire.

  Un peu piqué, le chameau repartit :

— A tant de de majesté sied la coquetterie;

Attaquer ma structure! Oh! j'ai bon dos, vraiment,

   A supporter la raillerie,

Et, tout exprès, le ciel l'a fait protubérant.

  Ah! croyez-le, moi, que le sort accable

A la fois du fardeau ridicule et gênant.

   De cette bosse misérable,

   Je ne serai point assez fou

   De railler, d'un mot méprisable,

  Vos longues jambes; ce long cou

Porté si haut et d'un air si capable.

   Rien n'est parfait, absolument;

   Mais j'aime la plaisanterie,

Et me suis appliqué ce proverbe prudent :
Rire de nos défauts empêche qu'on en rie.

LXV

LE LOUP ET LE CHIEN.

Dogue et loup du bon La Fontaine
(Voyez livre premier, la fable cinq, je crois),
    Dans une rencontre soudaine,
    Au même coin du même bois,
Devisèrent ensemble une seconde fois :
— Eh bien ! collier pelé, dit la bête sauvage,
Vous retrouvé-je encor tout heureux du servage ?
Ou, mécontent du sort qui vous fut adjugé ?
Par le fouet du patron vertement corrigé,
Vous êtes-vous, piteux, caché dans le bocage,
    Pensif plus que loup en voyage,
Épiant un agneau sur sa route engagé ?
— Non, répondit le dogue en son loyal langage ;
C'est vous, sous les halliers, qui guettez son passage
    Si du troupeau s'éloigne l'imprudent ;

A ce fauve regard, cette mine allongée,

    Je devine facilement

    Que la cuisine est peu changée ;

  Messire loup dort à jeun trop souvent,

Quand du logis jamais mon souper n'est absent.

— Ainsi, tout parasite estime le bien-être,

Dit le loup d'un ton rogue à moitié menaçant,

Tes festins mendiés me font peur à connaître.

La forêt m'appartient, j'y règne, j'y suis maître !

Si je me mets en chasse, à moi tout le gibier !

Quand le fer de l'esclave a rivé ton collier,

Je marche. — Oui, le meurtre appelle ton audace,

La soif du sang te presse, il te faut l'assouvir,

La paresse au terrier le jour marque ta place,

    Quand nul devoir ne saurait t'asservir ;

Errant dans la nuit sombre et craignant la lumière,

Va, tourne, épie, attends ; le bercail peut s'ouvrir,

Lâche voleur !.... Retiens ma parole dernière,

Elle est d'un pauvre chien qui pense et sait souffrir :

La liberté n'est pas le pouvoir de mal faire.

LXVI

LA CHUTE DU RHIN.

De quoi servent l'éclat, le pouvoir, la grandeur,
  Les richesses, la renommée?
C'est un flot qui s'enfuit emportant le bonheur,
  Comme au ciel passe la fumée!
Aux rochers de Schaffhouse, où le fleuve, tournant,
Jette ses eaux en pluie et blanchissante écume,
L'empereur admirait le spectacle étonnant
Des rayons colorés se jouant dans la brume:
  C'était Napoléon le Grand.
Ses amis, tous soldats, lui faisaient un cortége;
Ney, Berthier, Murat, dont le front rayonnant
Rêve déjà d'un peuple où le trône l'attend,
  Par un sinistre privilége!
Et le maître voyait, d'un regard sérieux,
  Tomber du Rhin l'immense nappe,
Renversant, brisant tout sous l'élan furieux
Dont tremble le rocher qu'en fuyant elle frappe;

Et, d'un sourire triste, il saluait ces lieux,

Lui, puissant, conduisant le monde sous sa chaîne;

Qui sait où sa pensée en ce moment l'entraîne!

Le ciel lui parle-t-il? Ouvre-t-il à ses yeux

Cet obscur avenir où chaque pas nous mène?

  Ils étaient tous, le cœur ému,

  Les yeux errants, l'âme oppressée;

Et les flots s'en allaient dans leur fuite pressée,

Et le fleuve passait comme un héros déchu,

Dont la force au combat fut vaincue, épuisée,

  Pour s'aller perdre, inaperçu,

  Dans les marais de Zuiderzée!

LXVII

LE FAUTEUIL DE VOLTAIRE.

On vendait à l'encan toutes les babioles

Que l'antiquaire admire, ou que la monde a pris

  Pour amuser ses goûts frivoles,

  Sa bourse sait trop à quel prix!

Mais, au fait, c'est un bien; la richesse doit suivre

Sa fantaisie, et par un caprice nouveau
Né de l'ennui souvent dans son frêle cerveau,
Venir en aide à ceux que ses trésors font vivre.

      Parmi les meubles vermoulus,
      Les vieux tableaux recommandables,
      A prix d'or, achetés, vendus,
Sous des noms que le temps a rendus respectables,
OEuvres, quoi qu'il en soit, de maîtres inconnus,
Un fauteuil se montrait d'un aspect misérable,
En lambeaux, et pourtant où reluisait encor
Quelques restes brillants, dépouilles vénérables
      D'un bois autrefois couvert d'or.
On passait près de lui, dédaignant sa vieillesse,
C'était à mettre au feu!... Mais, changement soudain!
Voilà qu'à son entour une foule s'empresse,
Le caresse des yeux, craint d'y porter la main.
Le mépris, à l'instant, au respect à fait place ;
      Plus d'un envieux acheteur
      Vient, à l'oreille du priseur,
Implorer son appui, reçu comme une grâce.
      Par quel subit événement

Ce changement

S'est-il pu faire?

Par un mot jeté seulement :

— Le vieux fauteuil était le fauteuil de Voltaire !

Entre ses bras le grand homme écrivit.

L'enchère va selon que le désir s'allume ;

Un gros Anglais surtout par sterling hausse, et dit :

— Qu'il aura le fauteuil, ayant déjà la plume,

Croyant aussi peut-être hériter de l'esprit.

Mais des cent concurrents du siége littéraire,

Que le nom du poëte ennoblit aujourd'hui,

Pas un ne peut penser, par un malheur contraire,

Combien de sots depuis se sont assis sur lui !

LXVIII

LA FEUILLE.

—Novembre a déjà compté

Les deux tiers de ses journées,

Et, comme aux jours de l'été,

A tes branches étonnées

Je montre encor ma beauté;
Feuilles des bois, bien légère,
Je veux, bravant les hivers,
Résister au froid des airs,
Et, toujours verte, encor plaire,
Quand le passant curieux
Sur ta cime séculaire
Vers moi lèvera les yeux.
Tel fut le discours futile
D'une feuille au ton coquet,
Toute fière qu'elle était
De sa fraîcheur trop fragile,
Et que le temps oubliait;
— Ah! lui dit l'arbre tranquille,
Mais se raillant en effet,
De la sotte au jeu mobile,
Sous l'aquilon qui soufflait;
Admire-toi, belle amie,
Dans le ruisseau tu peux voir
Quelque trace un peu jaunie
Reflétée en son miroir;
Et déjà de la vallée

Est descendu l'air qui bruit;
Avant la prochaine nuit,
Sous la tourmente envolée,
Pour te détruire, il suffit
De la première gelée.

L'homme est encore moins fort
Dans son rapide passage :
Toute saison et tout âge
Souffle un air portant la mort.

LXIX

LES DEUX CANARDS.

Dans la cour d'une ferme, et d'un ton nazillard,
A son ami, passant, s'adressait un canard,
Canard tout à fait domestique.
L'autre, voyageur, et venant
Passer l'hiver, dont le froid déjà pique,
Dans les roseaux voisins qui bordent un étang,
De l'étranger séjour unique

Jusqu'au jour du départ, au retour du printemps.

Donc, tous deux, ils faisaient leurs plaintes ;

Cent hélas ! s'échappaient de leurs becs gémissants ;

On voit peu de canards contents :

Tous ont leurs désirs et leurs craintes,

Peu de plaisirs, de passe-temps ;

Mais voilà que chacun, voyant se plaindre l'autre,

Tout bas se disait à part lui :

— Je préfère encor mon ennui

Aux peines, aux tracas révélés aujourd'hui.

Moi, de la ferme j'ai l'épeautre,

Les soins de la maîtresse, et de la mare l'eau,

Noire, il est vrai, mais où je trouve

Plus d'un ver pour mon bec d'un goût exquis, nouveau ;

Il est bien vrai, malgré la frayeur du couteau,

Quoi qu'il ait dit, mon cœur l'éprouve,

Plus que le sien mon sort est beau.

L'autre disait : — Je suis libre, et mes ailes

Me transportent, à mon désir,

Dans mille régions nouvelles

Qui me plaisent à parcourir.

Les insectes pour moi sont en nombreuses flottes

Sur les eaux où je vais nager ; .

La mare infecte où tu barbottes

Offre de plus autre danger !

Des rigueurs du destin mon âme consolée

Te laisse en ce double péril.

Je préfère affronter trente coups de fusil !

Cela dit, il prit sa volée."

L'autre le regardait s'élever, puis plongea,

Pensant que tout canard, en eau claire ou troublée,

Sage, est content de ce qu'il a.

Chaque état de la vie a ses chances fâcheuses ;

Qui ne peut s'élever doit, soumis à son lot,

Suivre de son destin les routes épineuses :

Qui trop désire est toujours sot.

LXX

LE HIBOU.

Un vieil hibou, dans son trou retiré

Ignoré,

Ayant usé sa vie a penser, solitaire,

Voyait de ses voisins les enfants sautiller

  Et joyeusement babiller,

En essayant l'essor de leur plume légère

Qui bientôt dans les airs les fera s'envoler.

   — Ah! disait-il, demain, la mère

  Va, dans le nid, se désoler,

Et les petits ingrats au loin chercher asile!

   Tel est le prix de trop de soin,

  Par trop d'amour rendu facile:

L'abandon, le désert au sein du domicile,

   Plus tard, peut-être, le besoin.

— Oui, répond un voisin; vous qui vivez tranquille,

Dont nul printemps ne sut réchauffer la froideur,

   Vous ne voyez là que malheur!

Si moins environné de ténèbres et d'ombre

  Par une compagne, au beau temps,

  Vous eussiez vu grandir le nombre

De vos plaisirs par de nombreux enfants, [aime,

Vous sauriez, vieux songeur, qu'en perdant ceux qu'on

   Un souvenir consolateur

  Jamais ne meurt au fond du cœur,

  Et que l'ingrat enfant lui-même,

Qui du soleil natal a quitté la douceur,
Laisse au nid paternel un rayon de bonheur.

Pour vous en assurer, visitez la chaumière
Où la mort d'un enfant a semé les douleurs,
Et vous verrez encor la mère
Sourire avec amour au travers de ses pleurs.

LXXI

LA ROUILLE.

Un brocanteur, distrait sans doute,
Vendit un soir, pour lui soir de malheur...
Une garde d'épée où l'oxyde rongeur
Noircissait le métal sous une épaisse croûte ;
L'œil sagace de l'amateur
Y voyant une antique et belle ciselure
La remit chez le fourbisseur ;
Mais voyez l'étrange aventure !
La garde en était d'or et du meilleur aloi.

Éprouvant du malheur toute la flétrissure,
  Souvent aussi se cache un cœur de roi
    Sous une apparente souillure.

LXXII

L'HYACINTHE ET L'HIRONDELLE.

Une hirondelle arrivait au printemps
  Et se trouva, rasant la terre,
  Rencontrer les boutons naissants
D'une hyacinthe, aussi nouvelle printanière.
    — Ah! prenez garde! dit la fleur;
Je me verrais briser par un coup de vos ailes!
    Mes membres sont légers et frêles,
Car au sang roturier doit rester la vigueur.
— D'une illustre famille êtes-vous donc issue?
    — Vous l'avez dit, bel oiseau voyageur,
      De sang royal, fille déchue,
La Grèce, beau pays d'où je suis descendue,
      Pourront attester mon malheur!
Car mes aïeux, des beaux jours de la Grèce,

Quand les dieux aux mortels accordaient leurs faveurs,

    Ont vu reluire les splendeurs !

Et deux traditions me donnent la noblesse.

    — C'est assez d'une pour l'honneur.

— Elle vient d'assez loin pour doubler de valeur.

    — Je pourrais, comme vous, prétendre

    A l'orgueil d'un illustre rang ;

    Mais, pour moi, qu'importe le sang

    Dont le hasard me fit descendre !

Toutefois, aux regrets que vous faites entendre,

    Je répondrai naïvement :

Hirondelle, en noblesse, est bien dégénérée

    Depuis le règne de Térée ;

    Sans façon je vis maintenant,

    Bâtissant mon palais moi-même ;

Heureuse, car on dit que le bonheur constant

    Habite le chaume que j'aime,

    Et croire faire des heureux,

    O fleur ! c'est être heureux soi-même !

Qu'importe alors le rang, l'éclat de nos aïeux !

    J'y songe peu, faites de même ;

Ceux qui vous ont vu naître, en leurs soins opportuns,

A la fois belle et si légère,
Ne s'informent jamais du nom de votre père
En aspirant vos doux parfums.

LXXIII

LA CHÈVRE.

Une chèvre allaitait le fruit de ses amours,
Grandi déjà, car depuis quelques jours
Il broutait l'herbe tendre au bas de la prairie
Où murmuraient les flots de la source chérie,
Par les buissons épais ombragés en leur cours.
Le bonheur d'être mère efface bien des peines!
Elle suivait d'un œil rayonnant de plaisir
Du faon les sauts légers, les gentilles fredaines;
Puis, bêlant, lui venait offrir
Le suc de ses mamelles pleines.
Dans ses écarts capricieux
Le faon, ou s'éloignait, ou se rapprochait d'elle,
Courant, sans les froisser, sur les herbes nouvelles;
La douceur de sa mère est un but à ses jeux,

Caressant, puis rétif, par un retour contraire;

Il la voit faible et sait ne lui pouvoir déplaire,

Car il faut que tout cède à l'être idolâtré.

Cependant une voix s'élève au bout du pré,

Et la chèvre et le faon, d'une course rapide,

Se rendent à l'accent du berger qui les guide

    Par ce signal chaque soir désiré.

C'est l'instant de revoir le clos qui vous resserre;

Mais ne vous pressez pas, jeune faon, pauvre mère!

Un ordre est arrivé du seigneur du château :

Son amie, aujourd'hui, vient de le rendre père;

    Pour elle, indomptable et sévère,

Nature de ses dons refuse le plus beau;

Elle a tari la source où l'enfant, d'un sourire

Attendu, deviné, charmerait cent douleurs.

Pour son fils, point de lait, elle n'a que des pleurs!

Aux soins d'une étrangère il lui faut donc souscrire!

Mais à la bergerie on peut aussi trouver

La nourrice attentive... On y court, on l'appelle.

    Le destin te veut éprouver,

Par l'ordre impérieux de cette voix cruelle,

Triste mère! Le faon reste seul sous le toit

Vers lequel ton regard se va tourner encore;

   Il faut marcher... La distance s'accroît

Avec le désespoir qui déjà te dévore;

L'absence pour la mère est un si grand malheur!

Et que pourra l'oubli pour pareille douleur!

Dans les salons où l'or resplendit sur la soie

On lui montre un enfant, et bientôt, douce erreur,

A d'amers souvenirs recélés en son cœur,

      Se vient mêler secrette joie!...

Et le temps coule ainsi... Pour la chèvre nourrice

Sont prescrits tous les soins; l'enfant grandit si beau!

Mais d'humeur inconstante et sujet au caprice,

     Tel enfin qu'était son chevreau.

Et celui-ci vivait au milieu du troupeau,

Considérant, de loin, l'opulente demeure;

Envieux et jaloux, se croyant oublié,

Maudissant et sa mère et le sort à toute heure!

Sa mère, qui déjà sous des airs de pitié,

    Lorsqu'est venu le moment du sevrage,

Avec étonnement, de tout son entourage

     Voit s'évanouir l'amitié.

On la livre aux valets, race parfois ingrate,

Un peu plus libre seulement,
Et presqu'heureuse encor si la main de l'enfant
Une fois, par hasard, la flatte.
Elle s'élance aux champs ; mais un si froid accueil
Reçoit de son amour le touchant témoignage !...
Attristée et pleurant, elle revient au seuil,
N'osant le dépasser, craintive d'un outrage,
Qui peut blesser son cœur d'un nouveau deuil.
Devient-on plus sensible en se courbant sous l'âge ?
Deux voix, hélas ! comme un cruel écho,
Ont jeté la douleur en cette âme meurtrie :
Le faon jaloux a dit : — Demeurez au château ;
Et l'enfant, plus cruel : — Allez à l'écurie !
Elle y mourut, la bique, implorant leur secours,
Pardonnant aux ingrats et les aimant toujours.

Le ciel doit sa justice à tant d'indifférence.
La leçon en est douce, on la suit sans efforts :
Enfants, ouvrez vos cœurs à la reconnaissance,
Près de l'ingratitude est assis le remords.

9

LXXIV

LA STATUE ET LE PIÉDESTAL.

On venait de poser, avec grand appareil,
L'image d'un héros, Alexandre peut-être.
    Resplendissant aux rayons du soleil,
Il semblait dire à tous : — Je naquis sans pareil,
L'univers à mes pieds vint adorer son maître.
Et les passants tombaient en admiration,
Car l'œuvre du sculpteur était vraiment sublime,
Et le héros trouvait ce transport légitime,
S'admirant tout autant dans sa position.
    Du piédestal, l'humeur railleuse,
Lui dit, pour le punir de trop d'ambition :
    — Si vous pouviez lire l'inscription
Mise exprès pour apprendre à la foule nombreuse
    Moins vos exploits qu'un autre nom,
Vous seriez peu flatté ; tenez, je vous fais grâce
Des quatre mots gravés, pour dire à vos neveux
Les travaux accomplis d'un règne si fameux,

Peut-être feriez-vous assez laide grimace ;

 Mais soyez assuré que ceux

 Qui vous mirent en cette place,

L'ont fait uniquement pour qu'on s'occupe d'eux.

C'est un heureux calcul que se mettre en présence

 De plus grand, de meilleur que soi.

 Et tel qui brille aurait peu d'importance

 S'il ne disait : — Hier, j'ai vu le roi,

Il m'a traité fort bien, et ma faveur avance.

On sait bien la valeur de semblables discours ;

Et cependant les sots y seront pris toujours.

LXXV

L'ÉPERVIER.

 — Sans habiter sous le feuillage,

 N'ai-je pas vu contre mes jours

 Conspirer la jalouse rage

 De l'oiseleur et des vautours ?

Ah ! que ne suis-je un enfant du bocage !

Tel était le touchant langage

D'un misanthrope de seize ans.

Son père, est l'oiseleur qui le retient en cage;

Les vautours, ses devoirs, trouvés durs à son âge.

Mais voilà, dans les airs, qu'un tout petit oiseau

Fait entendre une triste plainte;

Hélas! d'un épervier qui le suit il a crainte.

— Ah! dit alors le jouvenceau,

Fou que j'étais! je sens mon injustice;

Pour la mieux expier, détournons le supplice

Dont est menacé l'étourneau.

Des conseils de mon maître et des bontés d'un père,

De plus, soyons reconnaissants;

Car trop de liberté me serait plus contraire

Que pour ce faible oiseau l'épervier n'est méchant.

LXXVI

LA BUSE.

Un perroquet, fort beau diseur,

Déployait tout l'éclat d'une rare éloquence;

Pour le mieux écouter chacun faisait silence,

Riant à tous les traits de son esprit railleur.

Une buse, à l'air sot, l'œil fixé vers la terre,

Du discours, tout à coup, interrompant le fil,

Dit à l'oiseau brillant : — Taisez-vous donc, compère,

Vous m'allez endormir avec votre babil!

    En son pays, nul n'est prophète.

Ces mots ont été dits par une bouche d'or.

    Nous pouvons ajouter encor :

    Nul n'a d'esprit près d'une bête.

LXXVII

LE MIROIR A FACETTES.

Un petit chat s'en allait furetant;

Cherchait-il des souris, je ne le pense guère.

    Jeune il était; le jeu plus que la guerre

      Lui devait sembler amusant;

      Et dans son gentil badinage,

      Ronflant, sautant, aimable à voir,

      Le voilà devant un miroir,

Lui faisant le gros dos dans son patelinage.

      Mais, ô subit étonnement!

      Ou plutôt réelle épouvante!

    Un monstre énorme à ses yeux se présente;

Puis, douze petits chats, placés également,

Pour escorter celui qui, sans doute, est leur père.

Notre minet d'abord recule bravement;

Les autres, au miroir, vont de même en arrière;

S'il avance, aussitôt ils viennent en avant.

— Ah! dit celui qui sent renaître son courage,

      Tous ces chats sont ma seule image;

Mais, comment se fait-il que je sois, là, si grand,

Et là, là, si petit? C'est à perdre la tête!

De fait, il n'est en moi rien qu'une simple bête,

En voici je ne sais combien me regardant:

      J'en vois une à chaque facette

      De ce miroir impertinent.

De la raison du chat tirons la conséquence :

Selon qu'il est taillé le miroir réfléchit;

Mais concave il éloigne, et convexe il grossit.

Combien les mêmes traits offrent de différence

A l'observateur qui les suit.

L'homme est grand par l'intelligence,

Par ses défauts, il est petit.

LXXVIII

LE CHAMP DE BLÉ.

Juillet lançait ses feux sur les épis pressés,

Par un souffle de l'air à peine balancés;

La terre desséchée et la plante alanguie,

Aux cieux, fermés depuis nombre de jours,

Demandaient, imploraient quelques gouttes de pluie;

Un nuage, à la fin, leur vint porter secours.

Qu'il fut le bienvenu de la feuille altérée!

Comme elle s'étendit sous les perles de l'eau!

L'ondée était si douce au champ rendu plus beau,

   Où la verdure était parée

De la fleur du bleuet, du pavot qu'on dirait

Semblable au papillon s'agitant sous ses ailes,

Car la fleur empourprée, aussi mobile qu'elles,

   Sait, éclatante, embellir le bouquet

Que vient offrir au ciel la terre rajeunie;
Tout enfin a repris une nouvelle vie,
Et cependant, en l'air, le nuage grossit,
    Il s'étend et la pluie augmente.
Vient le soir... le vent souffle, et déjà la tourmente
    Menace de régner la nuit.
Ah! l'aube arrivera, mais le cri des tempêtes
    Accueillera le jour douteux;
    Fleurs et blés courberont leurs têtes,
    Et la rafale aux coups impétueux
Les jettera broyés, comme on a vu l'orage
    Du navire écraser les mâts
    Et la nef périr au naufrage.
    Faibles tiges et fleurs, hélas!
    Sous la trombe qui vous inonde,
    Brisez-vous, croupissez dans l'onde
Devenue un déluge, et subissez enfin
    Ce précoce et triste destin!
Adieu de la moisson la joie et l'abondance,
Déjà le laboureur a perdu l'espérance;
Il lui faudra pâtir et souffrir de la faim!
Pour nous, mortels, du sort l'inconstance est pareille,

Et trop souvent, par un revers soudain,

Ce qu'on disait être bonheur la veille,

Change et devient malheur le lendemain.

LXXIX

LE VIEUX CHÊNE.

On fit un abattis au sein d'une forêt;

Un vieux chêne resta, majestueux, immense;

Autour de lui l'horizon s'étendait,

Solitude où régnait le plus triste silence;

Et le bel arbre se plaignait,

Jetant à tous les vents les soupirs qui l'oppressent.

— Où sont, se disait-il, mes amis, mes voisins?

Les bûcherons cruels ont borné leurs destins,

Tandis que leurs fureurs me laissent

Solitaire avec mes chagrins !

J'admirais la beauté, la verdeur du feuillage

Qui de tous côtés m'entourait :

Au printemps, l'églantier de ses fleurs m'embaumait,

J'y suivais de l'oiseau le vol et le ramage.

Plus à présent, pour me charmer,
Feuille verte ni doux langage
Que si longtemps je dus aimer!
Hélas! épargné par la hache,
Et, malheureux de trop vieillir,
Mieux eût valu déjà mourir,
Que survivre et suivre la tâche
Que Dieu me voulut départir.
Je me soumets à son arrêt sévère,
Et tout semblable, en mes vieux ans,
A l'homme, courbant vers la terre
Son vieil âge et ses cheveux blancs,
Demeuré seul, malheureux père,
Sur la tombe de ses enfants.

C'est une douce nuit qu'attend, désire, espère,
L'homme au soleil couchant demeuré solitaire.

LXXX

LA PÉPINIÈRE.

Une jeune pépinière
Disait un jour, bien follement :
— Croissons, grandissons vitement,
Pour aller sur nouvelle terre
Étendre nos rameaux, donner l'ombre au passant.
Des vieux arbres usés que les temps s'accomplissent!
Ils ont vécu, soyons à notre tour
Ceux que les oiseaux d'alentour
Peuplent de nids que leurs amours chérissent.
Les centenaires verdoyants
Sont bons à mettre au feu ! Faisons-leur donc connaître,
Épuisés comme ils sont, qu'ils doivent disparaître
Quand les petits deviennent grands!
— Ah ! s'il en est ainsi, dit une voix nouvelle,
Brin d'herbe se perdant au milieu du bouquet,
Croissant au pied d'un arbuste roquet,
Je sens, à vous ouïr, qu'un tel désir m'appelle.

Vous me semblez trop grand ; descendez, s'il vous plaît.

Mais non, restez encor, la prudence m'invite

A ne déranger rien, car toute a son émoi ;

Je vois, à mes côtés, une fleur plus petite

Qui veut aussi mettre le pied sur moi.

LXXXI

LES MOELLONS.

Rencontrer la fortune est chose peu facile !

Se placer dans le monde est difficile aussi ;

Le plus sage ou le plus habile

N'y peuvent arriver s'ils n'ont un sûr appui.

Des maçons occupés, debout sur une échelle,

Se passaient l'un à l'autre une pierre nouvelle.

Montant ainsi toujours jusqu'au faîte élevé,

Tout à l'instant d'être achevé,

Deux moellons, arrachés à la même carrière,

S'y reconnurent... Quel accueil !

On leur eût vu la larme à l'œil,

Et tout cœur n'est pas dur, même au sein d'une pierre.

— Ah ! quel bonheur de vous revoir !

Ma bonne sœur, nous allons vivre ensemble !

De l'heureux jour qui nous rassemble,

J'avais, hélas ! perdu l'espoir.

Mais qu'êtes-vous donc devenue

Depuis le temps où l'on nous sépara ?

— Ah ! ma sœur, je me crus perdue !

Mon esprit d'abord s'égara ;

Sous un vaste monceau je fus presqu'écrasée,

Et des traces encor, sur ma face brisée,

Vous révèlent assez ce que j'ai dû souffrir !

Puis on me vint chercher, et je fus emportée,

Et dans une barque jetée,

Où mille fois survint un danger de périr.

Sur le rivage enfin laissée,

Plus capricieux que méchants,

Je servis de but aux enfants,

Attendant à me voir cassée

Sous les cailloux lancés dans leurs jeux imprudents,

Et parfois, dans la vase, aux trois quarts enfoncée ;

Tant d'angoisses, de maux cuisants,

Du malheur d'exister et souffrir m'ont lassée.

Le bonheur, aujourd'hui, vient changer mes destins ;

Je vous retrouve ici, ma sœur, c'est une fête ;

Mais, las ! pour arriver au faîte,

Il m'a fallu passer par bien des mains.

LXXXII

LES DEUX MOQUEURS.

Deux habitants des forêts d'Amérique

Voltigeaient, séparés par les arbres divers,

Cités de la contrée et peuplant les déserts

De leur feuillage magnifique.

D'autres oiseaux aussi, par-ci, par-là, volaient,

S'égayant en leur doux langage,

De bonheur et d'amour innocent badinage,

Que les moqueurs contrefaisaient;

Car c'est ainsi que se nommaient

Les deux railleurs du voisinage.

Cependant, en jouant, tous les gentils oiseaux

Quittent les masses de verdure

Pour s'en aller chercher des bois nouveaux ;
Car l'oiseau, comme l'homme, inconstant par nature,
Croit toujours voir au loin les sites les plus beaux.
Un seul resta caché, c'était le solitaire,
Aimant fort peu le bruit, comme le dit son nom,
 Sage penseur, ennuyé du jargon
 Dont les moqueurs s'amusaient, au contraire.
Mais, seuls, dans le bocage il n'est plus d'oiselets,
Siffleurs ou gazouilleurs, qu'ils puissent contrefaire,
Et l'un d'eux néanmoins redit le dernier chant
 Qu'il entendit : le second le répète ;
  Tour à tour chacun le reprend.
  Les voici donc tous deux disant
  Vingt fois la même chansonnette,
Abusés qu'ils étaient en se contrefaisant,
  Ne sachant pas la colonie
  Envolée et dans la prairie,
Au bord de l'eau qui près de là s'étend.
  Et leur auditeur, qui médite,
  Se dit alors, les écoutant :
— Toute sage critique honore le mérite ;
Mais vouons au mépris ces deux mauvais plaisants,

Dont la voix, à l'envi, dénature les chants
Des hôtes favoris de nos forêts paisibles ;
   Oiseaux moqueurs, envieux et méchants,
Au plaisir d'admirer, devenus insensibles,
    Allez, épuisant votre voix ;
Tandis que vous serez déchaînés l'un sur l'autre
    Du chant qui sait charmer nos bois,
Vous ne pourrez, au moins, médire par le vôtre.

LXXXIII

LES VOISINS.

   Un perroquet sur son bâton,
Une pie en sa cage, un corbeau dans la sienne,
    Disaient tous trois leur sotte antienne,
    Fruit d'une sotte instruction.
    Jacquot : — Donnez, donnez la patte !
    Quelqu'autre fois : — Baisez Jacquot !
    La pie aussi : — Fouettez, Margot !
   Et d'une voix, à l'harmonie ingrate,
Maître corbeau disait : — Coquin ! Chacun son mot ;

Et c'était un caquet qui durait la journée !

Les voisins en étaient assourdis, sur l'honneur !

Mais tout oiseau, soit-il ou muet ou parleur,

Est aimé de son maître ; est-ce une loi donnée

Par le prévoyant Créateur ?

C'est un bonheur si grand d'être propriétaire !

Toujours ce qu'on possède est exempt de défauts !

Se pourrait-on montrer sévère ,

Lier la langue et forcer de se taire

Celui même qui chante faux ?

L e s trois oiseaux, aussi, d'en finir n'avaient garde ;

Un brave chat survient, se place au bord du toit,

S'assied, comme tout chat qui convoite, et regarde,

Désireux de happer la volaille qu'il voit ;

Et les trois cris montant à ses oreilles :

— O bavards importuns, dit-il, on vous a mis

Là, perchés comme des merveilles !

Je vous placerais mieux, amis,

Si ce bonheur m'étais permis !

D'ailleurs, ce serait, à tout prendre,

Rendre service aux gens fatigués de vos cris,

Que de les délivrer de ces parleurs maudits,

Comme vous pérorant, sans se pouvoir comprendre.

    Il en est beaucoup à Paris,

    Et même ailleurs, tout prêts à vendre

Ce que notre bon chat mettait à si bas prix.

LXXXIV

LE GEAI ET LES MERLES.

Dans l'un des beaux vallons qui bordent la Moselle,

Prés émaillés, fleuris, richement encadrés

De bocages riants, à verdure si belle,

    Dont les deux coteaux sont parés,

Vous suivez un chemin sinueux parmi l'herbe,

    Tantôt voilé sous l'ombrage superbe

Du chêne s'élevant, comme pour protéger

Le bouleau qui, sous lui, montre sa blanche feuille;

    Ici le saule vous accueille;

    Plus loin le tremble, au feuillage léger;

Puis traversant le pré, toujours sous un ombrage,

Du murmure des eaux le doux bruit vous surprend :

    C'est un ruisseau qui va coulant,

Donner sa fraîcheur au bocage
Que mille oiseaux emplissent de leur chant.
— Chantez, pauvres petits, mais restez à la cime,
Sous la plus belle branche un piége vous attend;
Pour descendre au ruisseau prenez un vol prudent,
Car l'oiseleur est là qui guette une victime,
        Et le lacet ouvert, béant,
        Comme le cœur de l'homme au crime.
    Ainsi disait, à des merles voisins,
Un geai, vieilli déjà, mais qu'un sort favorable
        Préserva de tomber aux mains
    Qu'il dénonçait de sa voix respectable.
        — Car, mes amis, ajoutait-il,
        Vous avez peu d'expérience;
    Il vous faudrait acquérir ma science,
        Afin d'éviter le péril,
        Et vous faire entrevoir le fil
Tendu, pour vous saisir, dans l'ombre et le silence,
Traîtreuse habileté d'un ennemi subtil.
Le serpent, en vos nids, qui, tout rempant s'avance,
Dévore vos enfants nus encor, sans défense,
Est moins à redouter sous votre frais couvert!

L'homme est là-bas, sous un branchage vert,
Retenant son haleine et l'œil sans cesse ouvert.

    Si la victime au piége touche,
Il accourt, il arrive, et la mort à l'instant
    Vient frapper sous sa main farouche;
    J'en ai vu périr plus de cent!
Les merles avertis par le geai serviable,
S'envolèrent, sifflant pour dire : — Grand merci!
Suivis d'autres encor qui s'enfuirent aussi,
Laissant tout seul le geai, perché d'un air capable.

    — Sans mon avis tout charitable,
Ces oisillons, dit-il, se seraient tous perdus.
Maintenant je suis seul, l'esprit calme, tranquille;
Je vais de mes talents montrer un trait habile
    A l'œil du chasseur confondu,
Pour me gorger du grain sous le piége épandu;
Je ne cours nul danger, prenant bien mes mesures!
Et, fendant l'air d'un coup de ses ailes peu sûres,
    Il descend sur le fil tendu,
Mais il manque d'adresse, ou le sort qui se lasse
Le trahit cette fois, car, en ouvrant la chasse,
Au lacet qui le prend il reste suspendu.

D'échapper au péril est-il un privilége?
C'est assez d'un instant pour y tomber surpris;
　　Et chaque jour nous périssons au piége,
Dont nous avons voulu préserver nos amis.

LXXXV

LE HOUX ET L'ÉPI.

Dans une lande aride, sablonneuse,
　　Où le rocher perce à tout pas,
Terrains abandonnés, comme on fait des ingrats,
　　Croissaient le houx à la feuille épineuse;
Quelques ajoncs épars, la bruyère parfois,
Où de maigres moutons rencontraient leur carême,
Regrettant la belle herbe et l'ombrage du bois
Qui brunit l'horizon en sa limite extrême;
Et c'est aussi, là-bas, qu'en sa ferme qu'il aime,
Règne le laboureur. Sous ses rustiques lois
Les bœufs désattelés, en quittant la charrue,
Sont rentrés, ruminants, à l'abri des vieux toits,
Où le harem du coq réjouit de sa voix

La fermière, d'un œuf épiant la venue :
Car, un œuf, c'est beaucoup! souvent c'est un trésor;
Un poussin y naîtra sous l'aile d'une mère,
C'est ainsi qu'on dirait de la poule aux œufs d'or;
Car le poulet croîtra... d'autres viendront encor
Apporter la fortune à l'heureuse fermière;
Le nombre qui fut un deviendra grand troupeau;
　　Mille moutons pour un agneau!
　　Mais arriverait l'indigence
　　Chez la funeste imprévoyance!
L'activité, les soins, suivant chaque saison,
Rendent le fruit meilleur aux jours de la moisson;
De l'arbre délaissé que pouvons-nous attendre?
Il n'est pas insensible, et le cultivateur
Le verra revêtu d'une écorce plus tendre
　　S'il l'arrose de sa sueur.
　　Mais aux champs demeurés en friche,
　　Auprès d'un houx, tout verdoyant,
S'élevait, au soleil, balancé par le vent,
Un épi, triste enfant d'une terre peu riche,
Ainsi qu'un orphelin, qu'on dédaigne en passant.
Du laboureur, au temps pluvieux des semailles,

Un grain perdu dans le champ désolé,

    Presqu'étouffé dans les broussailles,

Germa, fit tige, et puis devint épi de blé.

Étranger dans la lande, où, le premier sans doute,

Il montait et bientôt se jaunit au soleil,

Les arbrisseaux disaient, le voyant sans pareil :

Qu'elle était donc la graine égarée en sa route,

    Ici tombée et s'élevant si dru,

      A taille mince et chef barbu :

Verte d'abord, puis pâle et sûrement malade ?

— Ah ! répondit l'épi, je vous suis inconnu,

    Mais, autre part, j'ai plus d'un camarade

D'un petit grain tout comme moi venu ;

      Ah ! plus heureux cent fois !... la terre

    Leur est fertile et douce mère !

Vingt labours en ont fait un champ rare et fécond ;

Ici le sol est âpre et le reste sauvage !

— Vraiment, vous nous plaisez à tenir ce langage !

Moi, j'ai du laboureur retenu le propos :

Le même jour où fut, parmi nos arbrisseaux,

    Égaré le grain, votre père,

L'homme disait en nouant ses fagots :

— Cette terre est maudite! En un si vaste enclos
On ne récoltera jamais que la misère!
Laissons donc notre lande en un parfait repos
    Avec son houx, ses ajoncs, sa bruyère,
Mais rien de plus, non rien, pour payer les travaux
    Que l'ouvrier y devrait faire.
— C'est une grave erreur, dit l'épi; dans l'espoir,
Tombé du ciel pour l'homme, est aussi la mesure
Des biens qu'à son labeur il donne avec usure;
Pour réussir, souvent, il ne faut que vouloir,
Et tout champ se complaît à montrer sa parure.
Dans ces lieux, délaissés de toute agriculture,
Le hasard me fit naître, échappé du semoir :
L'homme, par la paresse, a borné son pouvoir;
L'ignorance est stérile, et le travail épure;
    L'étude conduit au savoir;
Et la constance aussi sait-aider la nature.
Laisser la terre inculte est au ciel faire injure;
    Plus infécond nous paraît le terroir,
    Plus il lui faut accorder de culture.

LXXXVI

LES CHAMPIGNONS.

Le matin, dans les bois, un homme allait sans bruit,
Écartant sous sa main la mousse et les broussailles ;
C'est qu'il aurait voulu s'enrichir des trouvailles
Que la pluie, au printemps, fait croître en une nuit :
Du champêtre trésor, souverain sans partage,
　　　Ne soufflant pas, crainte des compagnons
Qui peuvent, comme lui, parcourir le bocage
　　　　Pour ramasser des champignons.
Voici qu'au pied d'un chêne il en voit une masse :
— Ah ! quel bonheur, dit-il, je n'irai pas plus loin.
　　　　Puis aussitôt, avec grand soin,
Dans son panier mousseux doucement il les place,
Ne voyant pas, tandis qu'il se baisse et ramasse,
Un nouveau-né, tout seul, oublié dans un coin.
Puis il s'éloigne heureux, fier de sa découverte.
Le champignon resté le voit ainsi partir,
Et soupire !... Il a vu l'homme allant à sa perte,

Par le poison que sa main vint cueillir.

Sentant pâlir sa tête frêle :

— Ah! dit-il, l'insensé, qui n'a su me trouver,

Moi qu'un si doux parfum décèle !

Avant que de cueillir l'autre plante mortelle,

Il eût bien fait de l'éprouver !

Son vêtement au mien ressemble,

Mêmes couleurs, tout aussi doux velours;

Mais quelle différence à qui nous voit ensemble!

Et c'est au cœur, qu'on l'aperçoit toujours.

L'enveloppe brisée, en moi, la couleur blanche

Demeure pure et belle à l'œil qu'elle ravit;

L'autre, montrée à l'air, aussitôt se noircit

Du suc vénéneux qu'elle épanche;

Bons et méchants souvent ont même habit :

On les connaît à leur esprit.

LXXXVII

LA PUCE ET LE COUSIN.

Une puce, un cousin, par un hasard fortuit,

Se virent certain soir aux courtines d'un lit;

Le cousin bourdonnant, comme fait d'ordinaire

    Cet insupportable diptère ;

La puce sautillant où se glissant, tout bas,

    Pour arriver entre deux draps,

Attendant le coucher, doux instant du repas,

    Tardif au gré d'une soif sanguinaire ;

D'autre part, le cousin s'altérait en volant.

    Ses ailes ont le bruit du vent,

Mais la sage nature, ou bien la Providence

    Ont leurs secrets, et jamais le méchant,

Quels que soient ses desseins, ne conserve un silence

    Assez profond, pour ne point avertir

Celui qu'il veut blesser du piquant de sa lance.

Les deux buveurs de sang eurent grand déplaisir

A se voir : car chacun trouvait un adversaire

    Lorsqu'il croyait tout seul agir.

Le partage répugne à qui veut tout saisir,

La solitude aussi plaît à qui veut mal faire.

    Tous deux enfin, mécontents et surpris,

    Se virent d'un regard de haine :

— Ne vous abusez pas d'une espérance vaine,

Dit la puce, partez ; seule, sous ces lambris,

J'ai droit de demeurer, j'y vis et j'y suis née.

Retournez sur le bord des eaux,

Dans la brume qui monte et couvre les roseaux,

Quand vient la fin de la journée;

C'est là votre patrie, où vous devez trouver

Pâture à vos désirs, non dans cette demeure;

Le pâtre à son troupeau du retour sonne l'heure,

Volez, et de leur sang allez vous abreuver.

— Tout beau, dit le cousin, j'ai, comme vous, ma belle,

Droit à rester ici, ce beau lieu me sourit,

J'aime la blancheur de ce lit,

J'y savoure en espoir le festin qui m'appelle;

Nous verrons qui de nous aura meilleur profit.

C'est du sang qu'il vous faut, c'est le sang qui m'amène.

Mais pourquoi nous traiter si mal?

Assez nous en aurons; il est plus d'une veine

Prête à nous en fournir pour un si doux régal.

— Oui, mais c'est trop de deux piqûres,

Deux douleurs à la fois attaquent le sommeil.

Qu'arrivera-t-il au réveil?

— Rien; je m'envolerai; vous, sous les couvertures,

Vous irez, point noir, vous blottir.

— Non, cousin, vous allez partir,

Ma sûreté le veut... ma pitié vous adjure;

Car, si depuis longtemps l'homme a pu me nourrir,
J'y vais tout doucement prendre ma nourriture,
    Vous lui feriez une blessure
    Par trop difficile à guérir.
    Oui, du mal qui peut survenir,
Je sens avec raison que mon esprit s'effraye ;
Ma piqûre s'efface en légère rougeur ;
On la peut comparer à l'esprit qui s'essaye,
Et médit en passant par quelque trait railleur ;
Mais vous, cruel, pareil au calomniateur,
    Vous laissez le dard dans la plaie,
    Et longtemps dure la douleur.

LXXXVIII

LA VIGNE ET LE CHÈVREFEUILLE.

Deux voisins enlaçaient leurs feuilles diaprées ;
Le chèvrefeuille en fleurs au pampre s'unissait.
    Déjà la vigne mûrissait
Les grappes en festons par le soleil dorées ;
C'était un beau berceau : le soir on s'y plaisait
Sur un banc de gazon à verdure si douce,
    Où la pâquerette et la mousse

Présentaient au rêveur un asile discret.

　　Or, sous leur ombre et d'un air de mystère,
　　　　Deux hommes parlaient, et l'un d'eux
　　　　Semblait se plaindre, soucieux,
　　　　Accusant un destin sévère.

Et le second disait : — Je ne puis vous servir,
Je le dis à regret ; mais, au temps où nous sommes,
On se doit à soi-même avant que de s'offrir
Aux amis qu'on serait heureux de secourir.

　　　　Le malheur frappe tous les hommes.
　　　　Vous êtes jeune, apprenez à souffrir.

　　　　Et ce fut tout. Nos deux voisins les virent
S'éloigner : l'un bien froid, l'autre désespéré,
　　　　Et nos deux arbrisseaux gémirent.

— Ah ! voisin, de douleur mon cœur est pénétré,
Dit la vigne, en pleurant comme au temps de la séve ;
　　　　Je crains qu'un malheur ne s'achève :
L'un de ces hommes fuit l'emportant dans son cœur,
Comme le faux ami, son refus égoïste ;
　　　　Qu'il était dur dans sa froideur !

— Je l'ai bien vu, voisine, et j'en ai l'âme triste.
Tandis qu'ils étaient là, vous et moi nous avions
Plaisir à les couvrir de notre beau feuillage,
Qui du soleil brûlant adoucit les rayons ;

L'exemple était à suivre, et nous le montrions.

Du cœur, dont le malheur abattit le courage,

Le plus faible secours calmerait la douleur.

Du plaisir d'obliger nous faisant un partage,

Vous donneriez vos fruits, moi, mes plus belles fleurs ;

Pour faire un peu de bien, essuyer quelques pleurs,

 Il est si doux de prêter son ombrage !

LXXXIX

MILE ET ROUL.

Deux gentils petits chiens, je les vois sous mes yeux,

 Mile et Roul, sémillants, joyeux,

Batifolaient sur l'herbe. O légère jeunesse,

 Vos bonds faciles, gracieux

Font renaître la joie au front de la vieillesse.

Aussi, passant près d'eux, un moment arrêté,

Un vieux Danois suivait, d'un regard de tendresse

Cette lutte, à la fois, de force et de gaîté ;

Plaisir par lui, peut-être, aujourd'hui regretté.

Mais voilà que de Roul la canine un peu vive

Se fait sentir au poil de son frère surpris,

 Qui se met sur la défensive.

Encore un peu, la joie amènera les cris,
La colère... Eh! qui sait?... Le vieux Danois s'empresse,
Et crie : — Haro! Tous deux cessent au même instant.
Ils savent le respect qu'on doit à la sagesse :
D'un sage, le Danois avait l'air et l'accent.
Auprès de Mile et Roul, il vient avec mesure,
Comme le veut le temps pesant sur tous ses traits :
— Jouez toujours, enfants, mais ne mordez jamais,
Dit-il. Il est, hélas ! dans la triste nature,
Un péril qu'entre vous je voudrais prévenir ;
Un premier coup de dent fait souvent la blessure
Que rien jamais ne peut guérir.

XC

LES DEUX MALADES.

De ses infirmités voulant guérir notre âme,
Trop faibles cependant, tout aussi peu soigneux
Que lorsqu'un accès fiévreux,
En notre corps brisé sous la glace ou la flamme,
Fait pénétrer ses frissons douloureux,
Nous sommes négligents des soins qu'elle réclame.

Un certain soir, sous les ombrages verts

Du palais Luxembourg, d'anciens camarades,

Pâles tous deux et se traînant, malades,

Causaient des maux par eux soufferts.

Le médecin, par semblable remède,

A l'un et l'autre fut un aide.   [beau.

— Comment vous trouvez-vous ? — Mal, je vais au tom-

Votre teint plus rosé semble bonne espérance.

— Je me sens plus gaillard... puis, le temps est si beau,

Je renais, je le sens. — Pour moi, je puis d'avance

Demander au cercueil son hospitalité.

Le médecin maudit, qui m'a si mal traité,

Me le fait payer cher !... — Ce médecin, je pense,

Nous fut commun ; j'en suis content, en vérité !

L'accuser, entre nous, serait lui faire offense ;

Un mal pareil au mien vous rendit alité,

Entre deux moribonds, avec même bonté,

Il partagea l'habileté,

Les soins actifs de sa science,

Et médecine égale en toute conscience ;

Mais, pour recouvrer la santé,

Avez-vous suivi l'ordonnance?

Peut-on gagner le ciel sans faire pénitence ?

ÉPILOGUE.

Il faut, le soir venu, quitter le labourage :
  Après le travail, le repos ;
  Et, tout au moins, c'est être sage
  Que saisir le temps à propos,
  Sans plus fatiguer l'attelage ;
Car tout soc est enfin brisé par trop d'usage !
  Quand le soleil s'en va couchant,
 La charrue est laissée au bord du champ.
Par les bœufs alourdis se rendant à la manse ;
Dans un dernier rayon qui dore l'occident,
  S'illumine la plaine immense ;
  C'est le calme, c'est le silence ;
  L'oiseau même a fini son chant,
Et la flamme des cieux s'éteint en cet instant
Où la brise se tait dans l'ombre qui s'avance.
  O laboureur ! pour toi commence
  Cette belle nuit qui descend,
Apportant le sommeil que la fatigue attend.
Tournant alors tes yeux sur la tâche accomplie,
Tu blâmes quelquefois, et souris plus souvent ;

Car il n'est point de cœur si plein de modestie

    Qui, pour lui, ne soit indulgent.

Enclin à s'abuser par quelque flatterie,

Faudrait-il corriger, repasser maint endroit

    Où le sillon ne court pas droit ?

    L'excuse va surgir... la terre

    Est trop rebelle au travailleur ;

Sous ses pieds trop souvent se rencontre une pierre,

Et tant de grain se perd dans la main du semeur !

    De plus, grand Dieu ! belle autre affaire !

Celui qui laboura sera-t-il moissonneur ?

Et ses blés, au marché, doubleront-ils l'enchère,

Ou lui reviendront-ils sans un seul acquéreur ?

Ma foi, le ciel fera tout ce qu'il voudra faire.

Juste est la Providence ! et puis, au laboureur,

Sous la sérénité du ciel pur qui l'éclaire,

Le travail, par lui-même, a donné le bonheur.

FIN.

TABLE DES MATIÈRES

LAGNY. — Typographie de A. VARIGAULT et Cie.

content.com/pod-product-compliance
urce LLC
g PA
0030726
0005B/1412